Friedrich Gerstäcker

Karkuri

suuraakkosin

 MEGALI

Friedrich Gerstäcker

Karkuri

suuraakkosin

Alkuperäisen jäljennös.

1. painos 2023 | ISBN: 978-3-38708-058-2

Megali Verlag on Outlook Verlagsgesellschaft mbH:n imprint.

Verlag (Julkaisija): Outlook Verlag GmbH, Zeilweg 44, 60439 Frankfurt, Deutschland
Vertretungsberechtigt (Valtuutettu edustamaan): E. Roepke, Zeilweg 44, 60439 Frankfurt, Deutschland
Druck (Painotalo): Books on Demand GmbH, In de Tarpen 42, 22848 Norderstedt, Deutschland

KARKURI

KIRJA

FRIEDRICH GERSTÄCKER

TOIM.

TEUVO PAKKALA

MAILTA JA MERILTÄ 1.

, 1909.

Hiljaa lainehti meri ja viskeli ikäänkuin leikkien lasinkirkkaita, tummansinisiä laineitansa Tubuain koralliriuttoja vasten. Tubuai on Tyyneenmeren muutaman pienen saariryhmän tärkein saari. Lauhkea ilmanhenki humisi saarten palmuissa, ja korkeimpia huippuja myöten metsänpeittoisten vuorten yli kaartui puhdas, päivänpaahteinen taivas.

Kun varjot pitenivät kuuman auringon laskeutuessa taivaanrantaa kohti, kokoontui koko joukko pronssivärisiä reippaita lapsia hiekkaiselle korallirannalle leikkimään. He tavottelivat toisiansa kiinni juosta vilistäen avojaloin korallilouhikkoa arkailematta, aivan kuin heidän jalkapohjansa olisivat olleet vuotanahkaa tahi rautalevyä. Väliin he taas kiikkuivat kokossäikeistä punotuissa köysissä, jotka olivat kiinnitetyt palmujen latvoihin, kiikkuessaan lentäen korkealle yli siniviheriän lammikon, jonka yli mahtavat puut taivuttelivat latvojaan, sieltä taas heittäytyen guiave- ja appelsinitiheikköön, väistellen rohkeasti ja vikkelästi jaloillaan paiskautumasta puunrunkoja vasten.

Täysikasvuiset miehet lojuivat pitkää pituuttaan appelsini- ja bananilehdon varjossa. He katselivat milloin lasten leikkiä, milloin välinpitämättömästi silmäilivät etäällä näkyviin tullutta purjelaivaa, jota hiljainen tuulenhenki hitaasti kuljetti lähemmäksi. — Toimeliaampia olivat sitävastoin naiset, jotka hioivat kokoskuoria pikareiksi seisten kuultavassa vedessä tai punoivat seppeleitä ja tukkakoristeita marantakasvin valkoisista, hienoista kuiduista tai seisoivat korallien välissä vyötäisiin asti vedessä ongenvapa kädessä pyydystäen illalliseksi herkullisia pieniä kaloja. Nämä kastettiin raakoina kokosmaitoon ja suolaveteen ja syötiin sitte paahdettujen tai höyryssä keitettyjen leipähedelmien kanssa.

Ennen oli täällä varjoisassa metsikössä kaikunut "tapa"-kurikoiden iloinen läiske, kun vaimot ja tyttöset valmistivat itselleen omat tarpeensa haljakoitansa varten leipä- ja bananipuun kuoresta. Ja samalla kun työ naurettaessa ja laulettaessa oli kuin leikkiä, keräytyi nuori miesväki heidän ympärilleen auttaen taikinan vaivaamisessa ja veistellen leipomakurikoita kovasta kasuarinipuusta.

Tämä kaikki on nyt tähän aikaan ollutta ja mennyttä. Ensin lähetyssaarnaajat, sitten maihin laskevat laivat, varsinkin valaanpyytäjät, toivat kirjavaväristä karttunia ja muita huokeita kankaita, jotka saarelaisia miellyttivät enemmän kuin yksinkertainen omatekoinen kuitukangas, "tapa". Ja näin se ainoakin todellinen työ, johon he siihen asti olivat oppineet, tuli hylätyksi tykkänään, ja joutenolo, jota luonto myöntää täällä enemmän kuin missään muualla maailmassa, tuli heille kaikkea muuta mieluisammaksi. Tämä vaikutti monessa suhteessa turmiollisesti saarelaisiin, mutta heidän luontaista hyvänsuopeuttaan, yksinkertaisuuttaan ja sydämellisyyttään se ei kuitenkaan voinut riistää heiltä.

Iloisina ja hilpeinä elivät he aurinkoisia päiviään, ja taivaan Jumala, joka oli lahjoittanut heidän kotiseudulleen rikkaitten aarteitten koko runsaudensarven, mahtoi varmaankin olla heistä rakas Isä.

Vähän oli heillä yhteyttä valkoihoisten kanssa, jotka olivat jo asettuneet pysyvästi asumaan läheisille saariryhmille ja vieläpä väkivaltaisesti ottaneet valtaansakin osan niistä. Kaksi lähetyssaarnaajaa oli rakentanut majansa saaren pohjoisrannalle ja he olivat voittaneet uskolleen saaren suopeamieliset asukkaat. Mutta läheisessä suhteessa heihin oli ainoastaan muuan nuori, sinisilmäinen, hilpeä skotlantilainen, joka noin viisi tai kuusi vuotta sitten oli karannut Tangasaarelle muutamasta valaanpyytölaivasta, jossa hän oli ollut kirvesmiehenä. Sattumalta oli hän tullut tänne, mutta tänne oli kiintynyt hänen sydämensä. Hän oli rakastunut nuoreen saarelaistyttöön. Ja kun häntä samalla miellytti tämän tosin muusta maailmasta erotetun, mutta viehättävän seudun hiljainen, idyllimäinen elämä, ja kun eivät tytön vanhemmat asettaneet pienimpiäkään esteitä, vaan vaativat lähetyssaarnaajaa lainmukaisesti vihkimään nuoret, niin hylkäsi valkoinen nuorukainen epävakaisen merimiesammattinsa ja hänestä tuli aviomies ja sitten perheenisä Tubuaissa.

Hän itse oli tosin poikasena saanut kotimaassaan ainoastaan sellaisen koulusivistyksen kuin muutkin pojat, jotka elivät samanlaisissa oloissa kuin hänkin. Mutta kirvesmiesammattinsa oli hän perinpohjin ja kunnollisesti oppinut, ja hänellä ei ollut seuraelämään nähden suurempia vaatimuksia kuin mitä saari parahiksi voi tarjota hänelle. Täällä sinisen taivaan ja humisevien palmujen alla hyvien ja yksinkertaisten ihmisten parissa hän oli löytänyt kodin onnen, joka häntä täysin tyydytti. Eikä ollut mitään perhesiteitä enää kiinnittämässä häntä hylättyyn maailmaan. Hänen vanhempansa kotimaassa olivat kuolleet. Veljiä tai sisaria ei hänellä ollut koskaan ollutkaan. Intaha, hänen vaimonsa, joka oli lahjoittanut hänelle kaksi lasta, oli hänelle kaikki kaikessa.

Hän oli rehellinen ja avomielinen eikä likikään niin raaka ja viinaan menevä kuin mitä englantilaiset merimiehet muuten liiankin usein ovat. Alkuasukkaat mielistyivät häneen. Etevämmyytensä kautta tuli hänestä heille piankin yhtä hyödyllinen kuin mieluisa toveri.

Tomo, joksi alkuasukkaat olivat hänet hänen nimensä Tom Burton'in mukaan uudestaan ristineet, loikoili tänäänkin taas heidän joukossaan rannalla ja katseli milloin uneksien, milloin miettiväisen näköisenä tuota kaukana näköpiirissä olevaa purjelaivaa, jota hiljainen tuulenhenki vain hitaasti ja vaivaloisesti kuljetti lähemmäksi. Selvinä liikkui hänen henkensä silmien ohi hänen entinen merimieselämänsä: raskas työ, ainainen epäsopu kaptenin kanssa, sitten hänen karkaamisensa, kun hän oli viettänyt viisi päivää Hapain ylängöillä eläen bananeilla, sitten hänen harhailunsa kauniilla saarella. Sitten tuli mieleen hänen nykyinen rauhallinen elämänsä pienellä maakamaralla keskellä suurta valtamerta.

Ja jos minä nyt voisin palata kotimaahani tuolla laivalla — — Haluttaisiko? — Pitäisi jättää Intaha ja pienokaiset ja alkaa tuolla ulkomaailmassa entinen elämä. Kylmien sydämettömien ihmisten keskuudessa... Ei, totta totisesti ei! Siellä ei ole mitään, joka voisi viekoitella minut takaisin heidän luokseen. Ja minusta tuntuu todellakin toisinaan kuin olisin oikeastaan erehdyksissä syntynyt vanhassa Europassa, niin täydellisesti kuulun minä tänne, minne hyvä onneni oikeaan aikaan on minut tuonut. Olkoon tuolla ulkomaailma ahdinkoineen ja aherruksineen rahan hankkimiseksi, niin aina vain enemmän rahaa, jotta voitaisiin tuhlata hurjassa elostelussa, niinkuin minä itsekin ennen tein. Minä tahdon nyt nauttia täällä ja riemuita onnestani, — maailma — pyh — siellä on paljon melua, vaan vähän villoja!

Aurinko oli uponnut punaisen tulipallon näköisenä mereen. Tomon vaimo, kukoistava, kukilla koristettu, nuori, hymyilevä nainen tuli miestään noutamaan. Nuorin poika istui ratsain äitinsä vasemmalla lonkalla — kuten siellä naiset kantavat nuorta jälkeläistään, — vanhinta, pientä, iloista, kolmivuotista poikaa talutti äiti kädestä. Kaste alkoi jo laskeutua maahan.

Laiva oli vielä jonkun aikaa näkyvissä kirkkaassa valojuovassa luoteisella taivaanrannalla, ja sen raakapuut ja purjeet erottautuivat nyt jo selvästi. Pian kuitenkin häipyivät sen ääriviivat illan lyijynharmaaseen hämärään, ja kun kuu nousi idässä vuorten yli, oli laiva tykkänään hävinnyt.

Saarelaiset eivät välittäneet muista laivoista kuin niistä, jotka laskivat maihin heidän luokseen, mikä tapahtui perin harvoin. Silloin saivat he vaihtaa hedelmiä ja vihanneksia, joita heidän valkoinen ystävänsä oli opettanut heitä viljelemään, sekä myöskin halkoja piilukirveisiin, tupakkaan, karttuniin, koristuksiin, nauloihin, peileihin ja muihin sellaisiin useimmin hyvin mitättömiin esineisiin. Tomo piti huolta, ettei heitä kaupanteossa kovin petetty, ja kun hän sellaisissa tilaisuuksissa teki heille arvokkaan palveluksen tulkkina, niin oli hän heille tässäkin suhteessa tavattoman tarpeellinen.

Paljon hän oli saanut nähdä vaivaa totuttaessaan alkuasukkaita raskaaseen työhön, jota on puunhakkuu tässä ilmanalassa. Hän itse oli hyvänä esikuvana. Mutta saarelaiset istuutuivat hänen ympärilleen, katselivat häntä ja olivat kuolla nauruun, kun hiki valui suurina pisaroina hänen otsaltaan, ja kävivät hyvin totisiksi, kun Tomo pani kirveen heidän käteensä. Eivät he sitä alussa kauan liikutelleet.

Mutta kun he sittemmin näkivät, mitenkä runsaan palkkion ne saivat, jotka olivat olleet vähänkään ahkeria, niin se sai heidät helpommin taivutetuksi työhön. Mutta yhä piti heitä aina kehotella.

Vaan siitä huolimatta puunhakkuu oli juhlatilaisuus tämän palmumaailman iloisille lapsille, jotka keksivät aina hauskan puolen asioissa. Silloin keräytyivät näet tytöt ja vaimot työntekijöiden ympärille, poimivat kukkia ja sitoivat seppeleitä, joilla he koristivat taitavimmat ja ahkerimmat, jota vastoin nauroivat saamattomille ja kömpelöille. Mutta tämä leikinlasku oli niin hyväntahtoista ja sydämellistä, ettei asianomainen milloinkaan voinut suuttua, vaan sai vain siitä kiihotusta yrittämään ja tekemään tehtävänsä paremmin ja ansaitsemaan myöskin seppeleen.

Päivä teki paraillaan nousuaan idässä. Joitakin nuoria saarelaisia oli noussut aikaisin mennäkseen kalastamaan. Heidän huutonsa herättivät kuitenkin pian toisia, jotka riensivät katsoa tuijottamaan majoistaan. Tuo laiva, jota eilen illalla oli tähystelty, oli nyt jotensakin likellä. Jos laiva ei olisi pyrkinyt maihin heidän rantaansa, niin mitä varten se olisi tullut lähelle vaarallisia koralliriuttoja, joita muodostuu kaikkien saarten ympäristöön monen penikulman laajuisena kehänä.

Merimiehillä ei vielä ole näistä seuduista hyviä karttoja, ja nuo salaiset riutat ovat muutosten alaisia, niin että varmoja karttoja ei juuri voitaisi saadakaan. Kun laivat tahtovat laskea maihin tällaisen saaren luona, niin ne yön sattuessa risteilevät hyvän matkan päässä odottaen aamunkoittoa, tai heittävät ankkurin, jos voivat tavata pitävän pohjan.

Vilkas, iloinen toimeliaisuus valtasi uniset rannan asukkaat. Kiireellä he menivät herättämään Tomon ja antamaan hänelle tiedon tästä ilahuttavasta tapahtumasta, laivan tulosta, ja ryhtyivät innolla keräämään kokospähkinöitä, bananeja, appelsineja, guiaveja, papaihedelmiä ja miksikä noita satoja eri hedelmiä kaikkia kutsuttaneekin. Toiset ryhtyivät ottamaan leipähedelmiä ja makeita perunoita sekä noutivat vesimeloneja pelloilta. Naiset punoivat taidokkaasti ja perin yksinkertaisella tavallaan kokospalmun lehdistä koreja, joihin pantiin hedelmät. Niillä ne kuljetettiin laivaan samalla kuin ne olivat mittoina määrätessä hedelmien paljouden ja arvon.

Intaha, joka oli taitavin ja ahkerin saarelaisnaisista, oli jo ennemmin tehnyt bamburuovon sekä väritetyistä marantapuun kuiduista hauskannäköisiä pieniä koreja ja laukkuja vaihtaakseen ne ensi tilassa maihin tulevien valkoihoisten moniin pieniin mukavuusesineihin. Tomo itse oli pilkkonut rannalle neljä syltä halkoja. Kun hänellä lisäksi oli vihannesviljelystä sekä hedelmiä, siipikarjaa ja sikoja, jotka hän oli kasvattanut, niin toivoi hän nyt saavansa hyvät kaupat tehdyksi.

Laiva lähestyi lähestymistään, ja kun se oli risteillyt melkein riuttojen kohdalle, laskeutui siitä vene vesille. Siinä oli neljä reipasta soutajaa, jotka pian löysivät kaidan väylän riuttojen lomitse. Vene kulki nyt tyyntä järven pintaa, joka aina on riuttojen ja mantereen välissä. Venemiehet katselivat milloin vasemmalle milloin oikealle nähdessään pitkistä ajoista taas puiden mehukasta ja raikkaan näköistä viheriää sekä naisia ja lapsia.

Te jotka elätte maaperällä ettekä milloinkaan ole tulleet kotoisen maakamaran näköpiirin ulkopuolelle, te ette ensinkään tiedä, mikä ääretön lumous piilee mereen kyllästyneelle kulkijalle tuossa pienessä sanassa maa. Miten hyvältä tuntuu jalkapohjissa, kun ne taas ensikerran maata koskettavat. Miten ihanalta tuoksuvatkaan kukat! Miten sointuvasti laulavat linnut! Miten omituisen väririkkaalta tämä kaikki näyttää! — Oma omituinen lumonsa on tällaisella vieraalla maaperällä. Ja kun merimies osaa nähdä miellyttävää ja kaunista jo karuimmassakin rannikossa sekä tuntee riemua pienestä, vaatimattomasta kankaan kukasta ja kokoaa näkinkenkiä ja liuskakiviä rannalta muistoksi mukaansa laivaan, niin miltä hänestä tuntuukaan, kun hän astuu valmiiseen paratiisiin, jonne luonto on anteliain käsin kasannut pienelle, ahtaalle alalle kauneinta mitä se voi tarjota. Ei ole ihme, että merimies silloin kuljeskelee sinne tänne kuin pyörryksissä ja että hän lapsen tavoin ei tiedä, mitä hän ensimäiseksi haluaisi, minkä hedelmän ensimäiseksi ottaisi.

Miltä tuntuukaan vangista, kun hän monivuotisen tympeän vankeusajan loputtua taas ensi kerran hengittää ilmaa! Sama tunne valtaa merimiehenkin, kun hän saa jättää laivan lyhyeksikään aikaa ja katsella taivaanlakea taas kerran puunlatvojen lomitse. Tapahtuu silloin usein että he nähdessään huojuvat palmut, makeat hedelmät ja ystävällisiä ihmisiä koettavat jonkunlaisen koti-ikävän valtaamina karata laivasta. Se on väärin, sillä näin he rikkovat suostutun välipuheen, — mutta selitettävissä se on sekin inhimillistä.

Kaptenit tietävätkin tämän. Ja vaikka karkaamisesta on ankara rangaistus ja vaikka merimiehillä on kaptenin tallessa usein vuosien kuluessa ansaittu palkka, niin eivät kaptenit luota miehiinsä sen enempää. Missä laivan täytyy laskea maihin sellaiseen saareen, on jokainen mahdollinen varukeino välttämätön. Maihin ei päästetäkään miehiä muita kuin mikä heitä tarvitaan soutajiksi.

Näin ollen näkevät merimiespoloiset tavallisesti perin vähän tuosta ihanasta maasta, jonne he pitkän matkan perästä toivoivat saavansa mennä. Heidän edessään humajavat palmut ja pulppuaa loristen lähde hedelmiä notkuvien varjoisain oksien alla — mutta ei heille. He käyvät vieraissa maissa ainoastaan nimellisesti. Aivan kuin vanki voi koppinsa ikkunasta nähdä viheriöitä peltoja ja niillä puuhailevia vapaita ihmisiä saamatta mennä heidän luokseen, niin nojautuu merimieskin laivan laitaa vasten ja katselee kaihomielin tuota ihmeellistä näytelmää, joka leviää hänen silmiensä edessä. Hän mittaa epätoivoisella silmäyksellä välimatkan laivasta maalle, jonne mahdollisesti uimalla pääsisi. Mutta samalla huomaa hän sen mahdottomaksi, sillä jälkeen lähetetty vene saavuttaisi hänet pian ja kuljettaisi takaisin. Ja hän hunnien kääntää katseensa maalta ja käy käsiksi entiseen toimeensa, johon hän kaikessa tapauksessa on vapaaehtoisesti suostunut.

Vähän enemmän vapautta on soutumiehiksi päässeille. He astuvat kuitenkin maalle ja saavat itse, jos heitä haluttaa, poimia rannalla kasvavia hedelmiä, juoda lähteestä ja seurustella alkuasukkaiden kanssa, lyödä kättä ja vastata heidän sydämelliseen tervehdykseensä. Mutta ennenkun he tuskin oikein ovat päässeet kaikesta selville, on tuo lyhyt aika taas mennyt, laivaantulokäskyä noudatettu, ja heidän taakseen jää taas pitkiksi kuukausiksi ehkäpä vuosiksi tuo kaunis unelma hedelmistä, maasta ja puista sekä hyvien, viattomien ihmisten ystävällisistä, rakastettavista kasvoista. Heidän kotimaansa on taas tästä lähtien meri, heidän toimenansa on keittää likaista, haisevaa silavaa sekä taistellen elementtejä vastaan ylläpitää olemassa oloaan ja elämäänsä.

Tuskin oli kevyen, aaltoja reippaasti halkoilevan valaanpyytöveneen terävä kokkapuu koskettanut karkeata korallihiekkaa, kun soutajat heittivät airot veneeseen ja hyppäsivät molemmin puolin laidan yli maalle vetääkseen veneen ylemmäksi. Iloisina ja toimeliaina ympäröi heitä joukko uteliaita, nauravia ja riemuitsevia alkuasukkaita, jotka varsin hyvin tiesivät, ettei heidän tarvinnut vähintäkään pelätä tällaisia maihin laskevia veneitä, joiden miehistö myöskin oli yhtä turvattu heidän keskessään.

Harppunamies nousten veneestä loi pitkän tutkivan yleissilmäyksen ympärillä oleviin vieraisiin ihmisiin keksiäkseen heidän joukostaan jonkun, joka olisi heidän luottamusmiehiään, jonka kanssa sitte voisi tehdä kaupat. Hän huomasi valkoihoisen miehen tulevan näkyviin rantaa reunustavien puiden vilpoisesta varjosta. Miehellä oli aivan europalainen, kevyestä kankaasta valmistettu puku. Hän asteli hitaasti venettä kohti.

Harppunamies meni tätä vastaan hyvin iloissaan, kun arvasi saavansa miehestä tulkin. Ojentaen hänelle kätensä, johon Tom tarttui, sanoi harppunamies englanniksi: "Englantilainen kenties? — Olisipa hiton hauskaa tavata englantilainen täällä mykänkieltä puhuvien miekkosten joukossa."

"Puoleksi ainakin — olen skotlantilainen!" sanoi Tom naurahtaen. "Mitä teille kuuluu? — Onpa hauskaa, kun voin tervehtää teitä täällä Tubuaissa."

Merimies puristi kättä kaikin voimin ja puheli ystävällisesti:

"Mainiota! Ja nyt me voimme myöskin tehdä kauppamme heti ja nopeasti, sillä kapteni on kuin kuumilla hiilillä päästämään taas merelle. Me haluamme, kuten voitte kylläkin arvata, vähän kaikenlaista, josta meillä on teille antaa yhtä ja toista. — Te voitte sitten valita sitä, mikä teitä eniten miellyttää. Onkohan teillä halkoja?"

"Paljonko tarvitsette?"

"Niin no, me tarvitsisimme paljonkin, sillä entiset ovat kai lopussa, mutta ukko ei anna aikaa viipyä ja odottaa, kunnes saisitte niin paljon pilkotuksi."

"Tuolla on heti kuusi syltä pinottuna", sanoi Tom. "Mikä teidän laivanne nimi on?"

"Kuusi syltä — se on mainiota. Silloin meillä syntyy pian kaupat. —
Lucy Evans on laivan nimi."

"Ei näytä olevan erikoisen nopeakulkuinen", arveli Tom, jota kuitenkin vielä entisten aikojen muistot huvittivat sen verran, että otti osaa niitten laivojen kohtaloihin, joiden yhteyteen hetkeksikään joutui. "Kesti kauan, ennenkun pääsitte tänne asti."

"Eihän se ole mikään nopeakulkuinen", naurahti harppunamies, "mutta eipä ihmekään, sillä me olemme jo pian olleet kolme vuotta vesillä, ja kuparilevyt riippuvat siekaleina laivanrungosta alas. Muuten on sillä verrattain hyvä pyyntionni. — Asiasta toiseen, kun arvatenkin olette entinen merimies, tiedätte, että minun on vastattava miehistäni. Miten on täällä mahdollisuuksia karata?"

"Jos he tuntisivat rannan, niin olisi se kylläkin mahdollista", sanoi Tom yhtä hiljaa kuin kysyttiinkin, "mutta ei näin ollen, sillä koralliriutta pistäytyy tuolla takana tähän saareen ja he eivät pääsisi sen yli, ja jos ken yrittäisikin, saataisiin hän pian kiinni. Älkää olko huolissanne."

"Sitä parempi. — En minä heitä niinkään laske silmistäni. Kerrassaan kirottu juttu tuo roskaväen juoksenteleminen. Sitte kun läksimme, on meiltä juossut tiehensä jo kolmetoista."

"Kolmetoista, se on paljon, sittenpä on teillä niukasti miehiä."

"Hiton niukasti, vaikkakin olemme ottaneet muutamia uusia lisäksi Sandwichsaarilta. Miten olisi täällä? Eikö joitakuita saarelaisista saisi taivutetuksi koettamaan kerran valaanpyyntiretkeä?"

Tom naurahtaen pudisti päätään ja sanoi: "Voi hyvänen aika, se mahtaisi tuntua näistä kevytmielisistä ja tähän aurinkoiseen taivaaseen tottuneista miekkosista ihmeelliseltä, jos heidät yhtäkkiä vietäisiin pohjoisten jäävuorien keskelle ja pakotettaisiin siellä keittämään yöt päivät silavaa. He ovat melkein liian mukavuutta rakastavia paistaakseen edes täällä lämpöisessä oman leipähedelmänsä."

"No, kyllä totuttaisimme heidät", vastasi harppunamies.

"Kyllä sen uskonkin", nyökäytti Tom totisena. "En kuitenkaan siihen kehottaisi teitä, sillä te saisitte heistä huonoja merimiehiä. Kun te täältä lähdettyänne saavutte Tahitiin, niin siellä luulen melkein varmasti teidän voivan ainakin jossain määrin täydentää miehistöänne. Ranskalaisilla, kuten aikasemmin olen kuullut, melkein säännöllisesti on vankilassaan istumassa kiinnisaatuja karkureita."

"Luulen, että ukko ei kovinkaan halua heitä", sanoi harppunamies. "Mutta nyt ennen kaikkea näyttäkää minulle puunne ja olkaa sitte niin hyvä ja antakaa viedä aivan veneen viereen leipähedelmiä, appelsineja ja vihanneksia, joita teillä on varastossa, kuten tuossa näen, ja yleensä kaikkia muuta myötäväksi tarjottavaa. Minä asettelen sitten esille, mitä olen tuonut mukanani vaihtotavaraksi. Sillä tavalla pääsemme pikimmin johonkin tulokseen."

Hän kääntyi veneen perämiehen puoleen, jota hän salaa kuiskaten varoitti pitämään tarkasti silmällä miehiä, ja niin lähti Tomin kanssa lähellä olevalle halkopaikalle. Halot hyvin miellyttivät harppunamiestä, mutta ei hän voinut lopullisesti päättää mitään varmaa kauppaa, kun ei hän ollut tätä varten tuonut mukanaan kylliksi tavaraa tai rahaa eikä ollut saanut kaptenilta mitään varmaa määräystä.

"Tiedättekö mitä, ystäväni!" sanoi hän skotlantilaiselle. "Tulkaa minun veneessäni laivaan. Pari teidän saarelaisistanne voi seurata meitä kanotissa tuodakseen teidät pois siinä tapauksessa, että te ette suostu kauppaan. Mutta en epäile vähääkään, ettei ukko ottaisi puita, päinvastoin on ylenmäärin hyvillään, kun saa. Meidän kesken sanottuna, täytyy hänen ottaa niitä joko täältä tai sitte pian laskea jonkun toisen saaren rantaan, mutta onko siellä pilkotuita puita ja lähellä rantaa niinkuin nyt tässä! Kenen nämä ovat — teidänkö?"

"Osaksi minun, osaksi alkuasukkaiden."

"Hyvä, te teette heidänkin puolestaan kaupat, ja nyt tulkaa minun kanssani rantaan takaisin, jotta minä voisin pitää silmällä väkeäni."

"Etteikö te haluaisi ensin käydä majassani ja virkistää siellä itseänne?" kysyi Tom. "Sinne on tuskin kahtasataa askelta. Tuolla näkyy aita, joka ympäröi majaani ja puutarhaani."

"Kiitos, kiitos", vastasi harppunamies, "tahtoisinpa mielelläni silmätä sitä, mutta se ei käy päinsä. Maa polttaa jalkapohjiani täällä, kun en voi pitää silmällä venekuntaani. Yleensä täytyy teidän luvata minulle, että toimitatte halot, jos me ne otamme, avonaiselle rannalle, mistä alkuasukkaat voivat syytää ne veneeseen. Tänne metsään en minä uskalla jättää miehiäni, kiusaus olisi liian suuri."

"Te näytätte hyvin vähän luottavan heihin", naurahti Tom. "Onko sitte teidän kapteninne sellainen paholainen, vai onko muuten olo laivassa niin huonoa?"

"Taitaapa olla ukossa ainakin vähän, kuten sanoitte, paholaista, ehkäpä sen jo tiedättekin. Ruoka on muuten laivassa erinomainen, ja liikaa työtä ei miehillä myöskään ole. Viideltä alkain on joka ilta vapaata — ei tietysti silloin, kun meillä on valaita tai ihraa laivassa."

"Niinpä niin, sepä tietty", sanoi Tom. "Mutta nyt me olemme taas rannalla ja tuolla ovat myöskin teidän miehenne. Te voitte siis olla levollinen."

"Jumalan kiitos", mutisi harppunamies ilahtuneena aivan kuin joku odottamaton onni olisi tapahtunut hänelle.

Nyt alkoi hedelmäkauppa, jota merimiehet jo johtivat tekemällä eleitä ja näyttämällä tupakkaa, veitsiä, paitoja ja muita tavaroita, jotka heidän mielestään olivat välttämättömiä. Tuoreita vihanneksia ja myöskin hedelmämehua saavat merimiehet laivasta ruoka-annoksina kerpukin estämiseksi, mutta appelsineja, ananas- ja muita mehukkaita hedelmiä täytyy heidän itselleen hankkia ja panna astioihin, jos he matkalla tahtovat saada niitä.

Alkuasukkaat olivat touhussa tuodessaan kaikki tavaransa rantaan, missä laivamiehet heti ottivat tavaran vastaan ja sijoittivat veneisiinsä. — Intaha oli myöskin tullut rantaan tuoden miehelleen sen, mikä hänellä oli valmista työtä, ja veneen perämies, muuan nuori amerikalainen, oli jo vaihtanut osan tavaroista. Jäljelle jääneen osan antoi Tom panna veneeseen kaptenille samoin kuin muille päällysmiehille tarjolle.

"Minä tahdon mennä isän kanssa", sanoi hänen pieni poikansa, kun isä nosti hänet ilmaan ja suuteli häntä, "minä tahdon myöskin nähdä tuon suuren kanotin tuolla".

"Ei se käy päinsä, sydänkäpyseni", rauhoitti isä häntä, "siellä sinä olet vain tiellä, ja äiti olisi levoton sillä aikaa".

"Jätä hänet tänne", pyyteli vaimo, "minä tahtoisin, ettet sinäkään menisi, Tomo. — Kun minä näen sinun menevän tuollaisessa veneessä, niin tuntuu minusta aina, ettet enää palaa, vaan menet takaisin kotimaahasi — ja miten silloin kävisi Intahan ja lasten?"

"Älä pelkää", nauroi mies. "Olenhan käynyt jo monessa laivassa ja tunnenhan tuon elämän liiankin tarkkaan. Minä tiedän, mitä he voivat tarjota minulle ja mitä minä täällä omistan. En ole sellainen hullu, että jättäisin sinut ja nuo pienet veitikat pulaan. Muuten tulee sinun veljesi Alohi mukanani laivaan. Minä toivon saavani tällä kertaa rahaa niin paljon, että voin ostaa heimonpäämieheltä koko kokospuutarhan, joka on meidän maatilamme takana. Sitten me tulemme rikkaiksi yksistään sillä kokospähkinäöljyllä, minkä minä voin vuosittain sulattaa."

"Tulkaa veneeseen!" kuului harppunamiehen ääni, joka jo oli asettunut paikalleen veneessä. Tom hyppäsi veneeseen, Alohi ja eräs toinen saarelainen astuivat kanottiinsa saattaakseen venettä laivaan, kuten oli sovittu, ja pian vaahtosi vesi näitten kahden pienen aluksen keulassa, kun ne kiitivät riuttojen salmen suuta kohti.

Molemmat saarelaiset panivat parhaansa pysyäkseen europalaisen veneen rinnalla ja ponnistelivat niin, että hikikarpalot valuivat otsalta. Laivamiesten pitkät airot olivat kuitenkin voimakkaammat kuin kevyet kanotin melat, ja ennenkuin oli tultu riuttojen kohdalle, oli laivanvene päässyt ainakin kolmesataa askelta edelle. Kun saarelaiset lopulta huomasivat, että he eivät voineet pysyä valkonaamaisten rinnalla, heittivät he soutamasta levätäkseen kunnolleen, pyörittivät itselleen sikarin vasta ostetusta tupakasta, jonka he käärivät kuivan bananilehden liuskoihin, ja ottivat tulta hieromalla kahta kuivaa guiavenpuun palasta.

Veneestä oli jo saatu tavarat laivaan ja venettä nostettiin paraillaan nostokoukulla kannelle, kun saarelaiset taas tarttuivat airoihin ja lähtivät soutamaan hiljalleen laivalle.

Lucy Evans oli erinomaisesti varustettu laiva, mutta pitkän matkan ja vasta saadun saaliin takia, mistä vielä oli näkyvissä jälkiä kannella, oli se melko pahassa siivossa. Merimiehet juoksivat touhussa ottaessaan vastaan hedelmiä ja tuoreita kasviksia ja viedessänne varastohuoneeseen sekä ripustaessaan ananashedelmät ja bananit kannelle. He olivat villin ja intohimoisen näköistä väkeä.

On näet niin, että miehet, jotka vuodesta vuoteen ovat tekemisissä ihran ja silavan kanssa, eivät ole niinkään halukkaita huolehtimaan puhtaudestaan, mikä täällä olisi monta vertaa tarpeellisempaa kuin maalla, ja tässäkin suhteessa oli kaptenilla ollut niin paljon harmia väestään, että hän oli jättänyt sikseen yrityksensä kasvattaa heistä kunnollisia merimiehiä. Ainoastaan silloin tällöin ripitti hän perinpohjin ja hetkiseksi kevensi sydäntään kiroten ja vannoen välittämättä kiroussanojensa luvusta ja laadusta.

"Teillä näyttää todellakin olevan jotensakin niukalti väkeä", sanoi Tom harppunamiehelle, katseltuaan jonkun aikaa elämää kannella, "jos nimittäin tässä ovat kaikki, jotka näen täällä kannella".

"Olette oikeassa", sanoi äkäisenä harppunamies, "tässä on koko joukko, ja joutavampaa räätäleistä, suutareista ja karanneista kisälleistä kokoontunutta sakkia on tuskin milloinkaan sattunut yhteen kunnolliseen laivaan. Työllä ja vaivalla olemme me kahden vuoden kuluessa saaneet opetetuksi heidät soutamaan. Kesti kokonaisen vuoden ennenkun he vetivät yhtaikaa. Kun olimme ankkurissa Beringin salmessa erään toisen laivan läheisyydessä, hävetti meitä lähettää venettä vesille ja niin menetimme monta valasta. Mitä purjeitten hoitoon tulee, niin tuskin osaavat nuo vaivaiset vielä nytkään reivisolmua tehdä."

"Kyllähän he kumminkin kykenevät silavaa keittämään", naurahti Tom.
"Kunhan muut tekevät tehtävänsä."

"Niin muut? —"

"Harppunanheittäjiä ja veneenperämiehiä on kyllä täysi luku — yksi perämies makaa tuolla alhaalla sairaana —

23

mutta meillä ei ole yhtään kirvesmiestä eikä seppää, ja ensimäinen tynnyrintekijämme on myöskin pötkinyt tiehensä Hapaissa. Todellinen kirous lepää tämän vanhan rähjän yli. Jos meiltä vielä vahingoittuu muutamia veneitä, niin täytyy meidän toden totta laskea maihin jossain Amerikan rannikolla. — Mutta tuollahan tulee teidän kanottinne — pojat eivät pidä kiirettä. — Näyttävät olevan laiskaa väkeä, nämä saarelaiset!" —

"Hyvänen aika, kuka voi heitä siitä soimata?" sanoi Tom naurahtaen. "Luonto antaa täysin käsin heille kaikki, mitä he tarvitsevat, niin ettei heidän olisi pakko edes liikahtaa paikaltaan. Muuten ovat he kylläkin vilkkaita sellaisessa hommassa, mikä heitä todella jonkunverran huvittaa, ja luulen että he kykenevät innostumaan ja tulistumaankin, kun niikseen sattuu. Mutta eikö tuolla tule teidän kapteninne? Mikä hänen nimensä on?" —

"Rogers —. Ette kai te tarvitse kanottianne, sillä minä olen vakuutettu, että hän lähettää heti veneet takaisin noutamaan puita."

"Rogers?" huudahti Tom, "minä luulen todellakin, että hän on vanhoja tuttujani. Mikä laiva oli hänellä ennen?" lisäsi hän kääntämättä katsettaan kaptenista, joka tuli juuri kannelle. —

"Bonnie Scotchman, ellen erehdy", kuului vastaus.

"Vie sun tuhannen!" mutisi Tom puoliääneen itsekseen ja heitti tahtomattaan silmäyksen kanottiin, joka juuri saapui. Harppunamies meni kaptenin luo kertomaan hedelmä- ja vihanneskaupasta ja puhumaan puista, jotka olivat valmiiksi pilkottuina tuolla rannalla, ettei tarvinnut muuta kuin noutaa ne laivaan.

"Se on mainiota Mr. Hobart", sanoi kapteni reippaasti, "parempaa emme voi toivoakaan — ja entäs hinta?" —

"On myöskin kohtuullinen. Punanahkaisten parissa asuu muuan valkoihoinen, jolla näyttää olevan koko johto käsissään. Minä olen tuonut hänet tänne, jotta te voitte itse päättää kaupan hänen kanssaan. Tuolla se on se mies."

"Sepä hyvä, sitä parempi! Puhuuko hän englantia?"

"Hän on skotlantilainen."

"Sehän mainiota! — Hyvää päivää — hitto soikoon — kasvot näyttävät minusta perin tutuilta!"

"Mitä kuuluu, kapteni Rogers?" kysyi Tom, joka tointui pian hämmennyksestään, mutta astui kuitenkin vähän punehtuen ja hieman nolosti hymyillen kaptenin luo ojentaen hänelle kätensä. Kapteni katsoi häntä yhä tarkkaavammin silmiin. — "Te tuskin tunnette minua enää? Olen kai ruskettunut pitkien vuosien kuluessa täällä kuumassa auringonpaisteessa."

"Ettekö te ollut Bonnie Scotchman laivassa?"

"Olin niinkin."

"Kirvesmiehenä?" — Tom nyökäytti päätään — "Ja pötkitte minulta karkuun Hapaissa?"

Tom karahti punaiseksi korvia myöten, mutta veitikkamaisesti hymyillen hän vastasi:

"Ja te olitte jo saamaisillanne minut kiinni, sillä minua ajamaan lähetetyt alkuasukkaat olivat pari kertaa aivan kintereilläni. Viisitoista tuntia olin kerran hirveässä rankkasateessa palmun latvassa."

"Neljäksi päiväksi jäin silloin teidän tähtenne ankkuriin sen kirotun saaren luo. Neljän päivän saaliin menetin ja lisäksi sain sitten koko loppumatkan tulla toimeen kirvesmiehellä, joka oli oikea pässinpää."

"Oli väärin tehty", myönsi Tom rehellisesti, "mutta maa oli niin hymyilevän ja viekoittelevan näköinen, ja te tiedätte itse, miten raaka ja puolueellinen ihminen teidän silloinen ensimäinen harppunamiehenne oli. Hän sai meidät kaikki epätoivoon ja useimmat karkaamaan laivasta, kun vain tarjoutui vähänkään tilaisuutta siihen."

"Se ei kelpaa puolustukseksi, — mikä olikaan nimenne?"

"Tom Burton."

"Niin, niin — Burton. Te olitte sitoutunut minulle koko matkaksi. Te olitte velvollinen jäämään laivaan yhtiön ja tovereittenne tähden. Tiedättehän, että valaanpyytölaivan koko miehistö on osallinen saaliiseen. Mutta pyyntiä ei voi harjoittaa, jos laivasta poistuu tärkeimmät henkilöt, joita ovat kirvesmies ja tynnyrintekijä. Laivalla kiertelisimme meriä suotta, jos eivät veneet lähtisi liikkeelle ja pääsisi pyyntipaikoille. Veneitten kunnossapito on tärkeimpiä seikkoja valaanpyytölaivalla, ja senpä vuoksi juuri kirvesmiehiä tarvitaan. Heti kun he rikkovat sopimuksensa, asettavat he vaaranalaiseksi koko pyynnin, tuottavat laivayhtiölle, joka on varustanut laivan, suunnattoman tappion, ja riistävät; myöskin miehistöltä, kaptenista alkain aina laivapoikaan asti, ansion mahdollisuuden. Emmehän huviksemme harhaile kolmea neljää vuotta milloin jääröykkiöiden keskessä, milloin tällaisessa auringonpaahteessa jättäen kotimme ja perheemme."

"Olette aivan oikeassa, kapteni", sanoi Tom, joka nyt oli totinen ja kalpea. "Usein on kuitenkin syytä päälliköissäkin, jotka käyttävät väärin valtaansa. Tiedän kyllä, että tällaisella laivalla samoin kuin sotalaivallakin täytyy ehdottoman kuuliaisuuden vallita, muuten laiva ja sen miehistö on perikadon oma. Mutta nuo herrat — kuten teidän entinen harppunamieskin — luulevat että he voivat tehdä alamaisilleen mitä haluavat — vastustaahan ei heitä kuitenkaan rohkene kukaan, ja he käyttävät väärin valtaansa laivan vahingoksi yhtä hyvin kuin ne alamaisetkin, jotka tällaista heille vaivaloiseksi ja sietämättömäksi käynyttä isännyyttä pakenevat karkaamalla."

"Mr. Williams oli kunnollinen päällikkö ja erinomainen valaanpyytäjä."

"En tahdo häntä syyttää puolustaakseni itseäni, kapteni Rogers", vastasi Tom ystävällisesti. "Nuoret miehet, kuten aivan hyvin tiedätte, ovat usein kevytmielisiä, ja minä olin silloin nuori, kokematon poika. Nyt olen järkevämpi ja ajattelen toisin, järkevämmin asiata."

"Onpa hauska kuulla", vastasi kapteni, "sitä hauskempi, koska ei nytkään ole liian myöhäistä hyvittää tekonne".

"Ainakin puilla", arveli Tom hymyillen. "Te näytätte jo saaneen hyvän joukon keitettävää silavaa."

"Puitakin tarvitaan", sanoi kapteni yhä vielä vieraanomaisesti ja jatkoi sitten entistä puhettaan. "Niin tälläkin kertaa, vaikka meillä ovat päällysmiehet erinomaisia ja siivoja, ovat m.m. molemmat kirvesmiehet ja ensimäinen tynnyrintekijä lähteneet vastoin lakia laivasta ja saattaneet meidät mitä kiusallisimpaan asemaan."

"Se on vahinko."

"Sitä enemmän", puhui kapteni rauhallisesti, "olen iloinen siitä, että sattuma on näin sopivaan aikaan saattanut meidät yhteen. Te ette olisi voinut tulla parempaan aikaan takaisin laivaan."

"Huomautan", sanoi Tom hymyillen, vaikka sydäntä kouristi, sillä hän aavisti, mitä kapteni tarkoitti, "en ole tullut laivaan matkustaakseni edelleen, vaan myödäkseni teille puuni tuolla rannalla".

"Missä tarkoituksessa ollette tullut, on yhdentekevää", vastasi kapteni. "Tahdon muuten unohtaa entiset enkä silloin laiminlyömiänne päiviä ottaa huomioon vastaisen saaliimme jaossa. Teidän entinen osuutenne onkin korvannut osaksi tuottamanne tappion."

"Vastaisen saaliin jaossa!" sanoi Tom, koettaen pysyä levollisena, "en minä milloinkaan enää lähde valaanpyyntiin. Olen siitä ajasta jo vanhentunut ja vakaantunut. Sitä paitsi olen akottunut. Tuolla palmujen varjossa on minun kotimaani, siellä elää perheeni, ja sitä en voi enää jättää, vaikkapa itse tahtoisinkin."

"Perhe? Sepä nyt asia!" arveli kapteni. "Onhan minullakin perhe kotona? Se on merimiesten kova kohtalo, että he saavat olla vuosikausia koditta ja perheettä. Mutta sitä mieluisampaa on sitte elämä, kun he taas kotiintuvat."

"Voi olla — mielipiteet ovat erilaiset", keskeytti Tom lyhyesti keskustelun, joka alkoi tulla hänelle tuskalliseksi. "Nyt, kapteni, pyytäisin teitä määräämään, miten paljon te tarvitsette puita — ja kas tässä", lisäsi hän hymyillen, "olen tuonut myöskin vielä muutamia pikku kapistuksia, jotka vaimoni on valmistanut. Niistä ottavat ehkä päällysmiehet yhtä ja toista mukaansa kotiin. Tämän korin tässä pyytäisin teitä, kapteni Rogers, säilyttämään minun muistokseni."

Kapteni vitkasteli, otti kuitenkin sen, mutta asetti viereensä laivan laidalle ja sanoi:

"Me sovimme siitä sittemmin. Paljonko teillä on puita tuolla rannalla?"

"Seitsemän syltä."

"Ja hinta?"

"Minulle on annettu tehtäväksi vaihtaa ne kauppatavaroihin."

"Hyvä. Mr. Hobart, puut olisivat kylläkin haluttua tavaraa, kun ne olisivat laivassa, mutta — mutta meillä ei ole aikaa niin paljon. Ottakaa kaksi laivan venettä ja menkää niillä maihin ja tuokaa sen verran kuin niillä tuoda voi. Me näemme sitten, paljonko siinä on, ja voimme maksaa siitä Mr. Burton'ille toivomansa hinnan."

"Silloin menen minä mukaan", sanoi Tom rauhallisesti, "sillä kun te otatte niin vähän, niin toivoisin kernaasti, että saisitte kuivimpia".

"Kyllä Mr. Hobart osaa valita puut."

Veneet laskettiin siinä tuokiossa vesille, miehet hyppäsivät veneisiin. Ainoastaan ensimäinen harppunanheittäjä vitkasteli vielä. Hän oli mennyt kaptenin luo ja sanoi hiljaa:

"Kyllä minulle olisi mieluisampaa, että tuo skotlantilainen veisi minut maihin. Minä en ymmärrä noitten ihmisten kieltä."

"Saatte pitää huolen siitä, että tulette toimeen", vastasi kapteni yhtä hiljaa. "Skotlantilainen jää laivaan, antakaa se kolmannelle harppunamiehelle, Mr. Elgers'ille tiedoksi."

Harppunamies ei vastannut siihen mitään, mutta hänen hämmästyneen katseensa, jonka hän suuntasi skotlantilaiseen, ymmärsi Tom heti. Vaan hän päätteli, että kapteni ei kuitenkaan uskaltane niin monen vuoden perästä harjottaa väkivaltaa häntä kohtaan. — Vaan jos hän kuitenkin tekee minkä uhkasi? Kuka täällä aavalla merellä estäisi häntä siitä tai ottaisi huostaansa turvattoman?

Epäluuloisena loi hän silmäyksen kannelle, mutta varoi näyttämästä pienintäkään pelkoa. Häneltä ei jäänyt huomaamatta, että ensimäinen harppunamies vaihtoi nopeasti muutamia sanoja kolmannen harppunamiehen kanssa, ennenkun meni veneeseen, ja tuo lennätti samoin häneen ylös laivaan hämmästyneen silmäyksen. Hän tiesi nyt olevansa vanki, — mutta mitä tehdä? Ei voinut ajatellakaan pakenemista kanotilla — hän oli äsken nähnyt, miten paljon nopeammin merimiehet olivat kulkeneet hedelmillä kovasti kuormitetulla veneellään. Kevyt, tyhjä vene olisi saavuttanut heidät, ennenkun olisivat loitonneet kahtakaan veneen mittaa. Entä väkivaltainen vapauttaminen? Tällä puolen saarta oli ainoastaan kolme kanottia, ja mitä olisivat aseettomat saarelaiset voineet toimittaa laivan miehistöä vastaan, vaikkakin he olisivat tahtoneet taistella hänen puolestaan? — Ainoaksi mahdollisuudeksi jäi saada alkuasukkaat pidättämään panttivankina molempien veneiden miehistön tai ainakin päällysmiehet, kunnes hän itse pääsisi takaisin. Mutta silloin täytyi hänen lähettää kanotti maihin.

Kapteni oli puhunut myöskin laivaan jääneen harppunamiehen kanssa peräkannella ja laskeutui nyt kajuuttaansa jättäen entisen karkulaisen näennäisesti itsekseen ja omiin valtoihinsa. Mutta Tom tunsi liiankin hyvin ankaran kuuliaisuuden valaanpyytölaivalla. Ainoaksi pelastuksen mahdollisuudeksi jäi päällysmiesten vangitseminen rannalla, ja Tom päätti panna sen käytäntöön niin pian kun suinkin.

Alohi seisoi laivanlaitaa vasten poltellen sikariaan aavistamatta vähintäkään vaaraa ja tarkasteli laivan monimutkaisia ristiin rastiin kulkevia köysiä. Tom lähestyi häntä ja sanoi hänelle hillityllä, mutta tuskan valtaamalla äänellä:

"Alohi, valkoiset miehet tahtovat pidättää Tomon laivalla!"

"Mitä!" huudahti Alohi hämmästyneenä.

"Hiljaa! Älä anna kenenkään huomata, että olen hiiskunut sanaakaan sinulle siitä. Mutta kun saat minulta käskyn soutaa maihin, niin kiitäkää niin nopeasti kuin voitte, ottakaa huostaanne tuolla rannalla heti se mies, joka tänä aamuna toi merimiehet maihin, toimittakaa hänet jonnekin sisälle älkääkä antako häntä pois, ennenkun minä olen taas maalla teidän joukossanne."

"Matoi!" sanoi nuori poika, jonka silmät säihkyivät mieluisan tehtävän takia, "saanko jo mennä?"

Tom vilkasi taakseen peräkannelle. Harppunamies nojautui yli laidan eikä näyttänyt ensinkään kiinnittävän häneen huomiotaan. Mutta Tom tunsi nämä miehet.

"Minä menen tuon miehen luo tuonne peräkannelle, puhelen hänen kanssaan", selitti hän Alohille. "Kun hän ei enää katsele yli laidan, päästät kanotin irti ja soudat hiljalleen. Vasta kun olette riuttojen suulla — jolloin jo olette niin paljon edellä, etteivät he voi täältä saavuttaa teitä — soutakaa minkä voitte."

"Mutta miksi sinä et tule heti mukaan?" kysyi saarelainen hämmästyneenä, "ei kukaan pidätä sinua".

"Nyt ei — mutta on jo annettu käsky, ettei minua saa laskea laivasta. Ainoa mahdollinen keino pelastaa minut vielä on se, että te pääsette onnellisesti rantaan."

Saarelainen ei virkkanut enää sanaakaan, ja Tom lähti hitaasti hänen luotaan ja asteli peräkannelle, missä harppunamies yhä edelleen seisoi nojautuen laitaa vasten.

"Onko teillä ollut hyvä pyyntionni viime matkallanne?" aloitti Tom keskustelun hänen kanssaan. "Laivalla mahtaa jo olla sievä lasti, se kulkee jotenkin syvällä vedessä."

"Kutakuinkin hyvä", vastasi harppunamies kääntyen kysyjän puoleen. "On jo jonkunverran yli 3,000 tonnia silavaa laivassa ja noin 50,000 naulaa valaanhetaleita. Jos vain jonkunverran luonnistaa, voi laivamme ensi vuodenaikana tulla täpötäyteen. — Ja onpa jo aikakin", tokasi hän lisäksi äkäisesti, "me olemme harhailleet täällä ulkona nyt jo lähes kolme vuotta".

"Se on pitkä aika", sanoi Tom, "on varmaankin monelle tullut koti-ikävä. Kun kerran on ollut pitemmän aikaa maalla — —"

"Sanokaa noille miehille tuolla kanotissa, etteivät lähde mihinkään" keskeytti harppunamies vilkaisten taas yli laidan. "Kapteni on käskenyt heidän odottaa, kunnes laivan veneet ovat tulleet takaisin."

"Kaptenilla tietääkseni ei ole mitään käskyvaltaa noille", vastasi Tom, jonka kasvoille veri syöksähti.

"Laivassa, hyvä ystävä, voi kapteni käskeä melkein mitä tahansa", virkkoi harppunamies levollisesti. "Olkaa hyvä, huutakaa miehet takaisin. — Te tiedätte aivan hyvin, että veneellä saavutettaisiin heidät muutamissa minuteissa. Mitä asiaa heillä on maihin?"

"He haluaisivat, mikäli minä tiedän, noutaa lisää hedelmiä."

"Se on tarpeetonta, venemiehet tuovat, mitä me ehkä vielä tarvitsemme. Olkaa järkevä, ystäväni, ja huutakaa ne takaisin! — Kolmas venemiehistö, olkaa veneenne luona", huusi hän samalla kuuluvalla, mutta aivan rauhallisella äänellä keulapuoleen. Ja miehet, veneenperämies ensimäisenä, olivat silmänräpäyksessä venetelineitten ääressä, missä pieni alus riippui koukuistaan. — Ainoastaan sana tai viittaus, ja vene liukui alas vesille.

Tom huomasi, että tämä keino oli häneltä riistetty, mutta hän ei tahtonut antaa vielä asian kärjistyä äärimmäiseen huippuunsa asti.

"Alohi!" huusi hän omituisen kirkuvalla äänellä tuskin sata askelta loitonnutta kanottia kohti. Saarelaiset käänsivät päänsä häneen päin. — "Tulkaa takaisin laivaan!" — Alkuasukkaat lepuuttivat airoja vedessä ja vitkastelivat totella.

"Tulkaa takaisin!" huusi Tom vielä kerran, "mutta älkää laskeko kylkeen kiinni, vaan pysytelkää vain laivan vieressä". — Hän oli tehnyt uuden suunnitelman, niin epätoivoiselta kuin sen toteuttaminen hänestä itsestäänkin näytti. Saarelaiset tottelivat nyt, ja harppunamies nojautui kuten äskenkin huolimattoman näköisenä laivan laitamaa vasten lähetettyään venemiehistön taas työhön.

"Te käsittänette", sanoi lopulta Tom, joka oli päättänyt ottaa selvää, millä kannalla harppunamies oli, "että minä en oikein ymmärrä, miksikä te tahdotte estää kanottia menemästä minne heidän haluttaa".

"Ja ettekö te sitte tahdo palata takaisin kanotilla?" sanoi merimies hymyillen.

"Tietysti."

"No hyvä, silloinhan emme saa laskea sitä menemään laivan luota.
Luuletteko että kapteni antaisi viedä teidät laivan veneellä maihin?"

"Te ette pääse käsistäni, herra! — Mikä käsky on teille annettu minusta?"

"Mikäkö käsky? — Ei mikään muu kuin että en saa päästää teitä enkä saarelaisia laivasta, ennenkun olette saanut rahan puista."

Tom huomasi pilkallisen sävyn näissä sanoissa — hän tiesi, että ne olivat valetta, ja kylmä tuskanhiki nousi hänen otsalleen. Hän puri alahuultaan ja kääntyi pois harppunamiehestä pannen käsivarret lujasti ristiin rinnan yli, ettei tuo mies huomaisi hänen kiihtyvää mielenliikutustaan. Ainoastaan yksi pakenemisen keino jäi hänelle jäljelle. Jos hänen onnistuisi tehdä vuotavaksi koukuissaan riippuva vene, joka nyt oli ainoa laivalla, niin etteivät he voisi ajaa häntä takaa, olisi toivo päästä pakoon kanotilla. Toiset veneet olivat jo saaressa eikä niiden lastaaminen puilla kestänyt kauan! Puulastissa olivat ne liian raskaat takaa ajamaan, ja sitäpaitsi tunsi hän toisenkin salmen sellaiseen järveen, jonne tuolta rannan puolelta ei voinut päästä.

Nyt oli kysymyksessä uhkarohkea teko ja oli varottava, ettei vihollinen saanut vähintäkään vihiä, muuten oli Tomin suunnitelma turha. Verkalleen asteli hän senvuoksi taas keulaan päin, mistä hän voi antaa langolleen lähimmät määräykset ja ilmoittaa aikomuksensa. Riuttojen suu, mistä he olivat tulleet, oli noin puoli tiessä laivasta maalle, ja kuitenkin täytyy hänen mennä jotenkin läheltä ohi. Mutta puilla lastatuissa veneissä eivät miehet voisi liikkua kunnolleen. Kunhan hän vain pääsisi tuon suun ohi, niin ei olisi enää pelkoa kiinni joutumisesta. Sitä paitsi oli kanotissa kolme airoa, ja kolmella kanotti menee nopeammin kuin tullessa kahdella. Hänen sydämensä löi kuin halkaistakseen rinnan, mutta hän puri lujasti hampaitaan yhteen ja asteltuaan takaisin keulasta peräkannelle käveli hän siellä edes takaisin, aivan kuin olisi päättänyt levollisesti odottaa veneitten paluuta.

Harppunamies myöskin oikaisihe nojautumasta laidan yli ja lähti astelemaan edestakaisin peräkannen puolelle, missä vene riippui koukuissaan. Pikainen silmäys laidan yli sai hänet vakuutetuksi, että saarelaiset istuivat rauhallisesti kanotissaan ja liukuivat hiljalleen poispäin virran mukana. Laivalla olivat suuret purjeet auki, mutta tuulenhenki oli niin heikko, että laiva parahiksi voitti virran ja niin pysyi jotenkin paikoillaan.

Tuuli oli hitusen kiihtynyt, ja täytyi vetää vähän raakapuita etuhankaan päin. Harppunamies meni sinne ja huusi miehet luokseen. Nyt oli ratkaiseva hetki. Tom seisoi aivan veneen vieressä — yhdellä hyppäyksellä oli hän laidalla, tempasi piilukirveen, joka on jokaisen koukuistaan riippuvan pyytöveneen keulaan kiinnitettynä. Silmänräpäyksessä oli toinen veneen kannatusköysi poikki, ja keula retkahti laivankanteen ja perä jäi toisen kannatusköyden varaan.

"Tänne — kaikki! — Apuun! tänne!" huusi harppunamies ja syöksi halko kädessä Tomin kimppuun, mutta hän tuli liian myöhään. Yhdellä hyppäyksellä oli Tom veneen perän luona ja piilunsa iskettynä siihen niin syvälle, ettei hän saanut sitä kiskaistuksi irtikään. Mutta hänellä ei ollutkaan aikomus ruveta puolustautumaan, hänen vain piti päästä pakenemaan. Pitkällä harppauksella hyppäsi hän yli laidan ja putosi mereen parinkymmenen askeleen päässä kanotista, joka heti kiiti häntä kohti.

Synkkiä kirouksia ja sadatuksia kaikui hänen takanaan laivalta. Kapteni hyppäsi kannelle ja venemiehistö ryntäsi särkyneen veneen luo nostaakseen sen niin pian kun mahdollista taas paikoilleen ja pannakseen sen kuntoon. Harppunamies vetää silpasi lipun laivan mastoon antaen niin merkin rannalla olijoille.

Tom oli pian tullut veden pinnalle ja ennenkun laivan miehistö oli edes voinut tehdä mitään päätöstä tai käydä käsiksi rikkoutuneen veneen korjaamiseen, oli hän jo päässyt kanotin keulan kohdalle ja kiepsautti itsensä Alohin avulla kanotiin. Ensimäiseksi vilkasi hän laivaan, jonka mastoon paraillaan nousi englanninlippu. Sitte tarttui hän heti vieressään olevaan airoon, ja nuo kolme miestä tiesivät nyt, että heidän pakonsa onnistuminen riippui heidän käsivarsiensa voimasta.

"Seis siellä!" huusi kapteni, joka näki jo varman saaliinsa puikahtavan käsistä noin röyhkeästi. "Seis tai minä ammun teidät kaikki mäsäksi!" Mutta hänen uhkauksensa oli tehoton. Hänellä ei ollut ampuma-asetta käsillä, ja siepaten vain harppunan hän viskasi sen sokeassa vimmassaan satasen askelta loitonneen kanotin jälkeen. Harppuna ei lentänyt edes puoltakaan matkaa ja hävisi sihisten veden pinnan alle.

Kanotin keulassa kuohui kirkas vesi sen kiitäessä hyvää vauhtia, ja sujakka, kevyt alus olisi kiitänyt kuin nuoli kolmen voimakkaan soutajan lennättämänä, jos ei vauhtia olisi estänyt tukipuu.

Sikäläinen kanotti, joka on kovertamalla tehty yhdestä puusta, kaatuisi avonaisella merellä pienimmässäkin sivuaallokossa. Tämän vuoksi kiinnitetään toiselle puolen tukipuu, joka on noin kahdeksan tai kymmenen jalkaa pitkä, ja joka noin neljä jalkaa ulohtaalla kanotista ui sen rinnalla. Se pitää kanottia niin mainiosti tasapainossa, että se voi kestää verrattain suurta merenkäyntiä, mutta se estää tietysti myöskin kulkua. Ylen suuri nopeus ei tietenkään usein ole saarelaisille tarpeen, he haluavat vain kulkea varmasti ja — mukavasti.

Tomin rohkea temppu, vaarallisen laivaveneen rikkominen, oli muuten onnistunut niin erinomaisesti, ettei nyt tarvinnut pelätä vähintäkään vaaraa laivasta päin. Vene oli aivan mahdoton vesille, sillä paitse piilukirveen tekemää reikää oli veneestä keulan pudotessa kanteen irtautunut yksi lauta. — Mutta tuo lippu mastossa! Tom tiesi aivan hyvin, että miehet maissa ollessaan pitävät laivaa tarkkaavasti silmällä. Toivottavasti olivat he jo puita lastanneet ainakin jonkun verran, niin etteivät lähde paluumatkalle aivan tyhjinä. Missään tapauksessa he eivät voineet tietää, mitä täällä oli tapahtunut, niin että mastoon vedetty lippu oli heille ainoastaan pikaisen paluun merkkinä. Kanotista ei voinut nähdä aivan lahden pohjukkaan, ennenkun olivat päässeet riuttojen suusta sisään, sillä kuohut riutoilla olivat aivan kuin muurina välissä. Kun he vain pääsisivät sinne asti, niin olisi nyt vastainen virtakin silloin myötäinen heille.

Nuo kolme miestä eivät sillä aikaa vaihtaneet halaistua sanaa, ja muuten niin veltot saarelaisetkin jännittivät kaikki jänteereensä soutaessaan. Jo olivat he suun kohdalla — vielä yksi veneenmitta, niin he voivat nähdä lastauspaikan majainsa edustalla: jos veneet olivat vielä siellä, niin olivat he pelastetut.

"Tuolla he tulevat!" huudahti Alohi ja viittasi airolla suuntaa. —

"Eteenpäin!" kuului Tomin käsky yhteenpurtujen hampaitten välistä, ja samassa silmänräpäyksessä esti seuraava tyrsky enempää näkemästä.

Molemmat laivanveneet olivat nyt kerrottujen tapausten aikana saapuneet maihin, ja ensimäinen harppunamies, jolle kapteni oli ilmoittanut muutamin sanoin, että hän ei aikonut päästää enää vapaaksi entistä karannutta kirvesmiestään, oli saanut määräyksen ottaa vain jonkunverran puita, ainoastaan välttämättömän tarpeen varalle ja palata takaisin niin pian kun suinkin. Tietysti alkuasukkaille ei annettu tietoa kaptenin aikeesta, sillä niin mielellään kuin saarelaiset muuten luovuttivatkin karanneita merimiehiä, eivät he kuitenkaan olisi suostuneet antamaan heille nyt täydellisesti kuuluvaa valkoihoista.

Kapteni oli luullut voivansa pitää skotlantilaista laivassa vähimmättä vaikeudetta, tietysti hyvällä niin kauan kun mahdollista, mutta niin pian kun ei hyvä auttanut, väkivallalla. Eihän Tom kuitenkaan olisi voinut asettua vastarintaan täysilukuista venemiehistöä vastaan, vaikkapa hän uskaltaisi yrittää paeta kanotillakin. Sen vuoksi kapteni ei ollut jäänyt vastailemaan Tomin kysymyksiin — hän tiesi, ettei hänellä lainmukaisesti ollut oikeutta pidättää Tomia, joka ei tähän laivaan ollut pestautunut. Kaptenia oli hävettänyt käyttää väkivaltaa heikompaa kohtaan. Vahdissa oleva harppunamies oli kuitenkin saanut ankaran määräyksen kutsua kapteni heti kannelle polkaisemalla jalkaa, jos skotlantilainen todella tekisi vastarintaa. Hänelle ei ollut kumminkaan juolahtanut mieleenkään, että tuo kirvesmies sillä tavalla voisi yrittää paeta.

Mr. Hobart seisoen rannalla oli kiirehtänyt alkuasukkaita puiden kannossa. Mutta työ ei käynyt oikein nopeasti, sillä ensinnäkin ei hän osannut heidän kieltään, ja toiseksi ei alkuasukkailla ole vähintäkään käsitystä ajasta eivätkä senvuoksi tiedä kiireestä mitään. Se mikä ei tänään valmistu, jää huomiseksi, siinä koko ero, ja huomenna on yhtä hyvä päivä kuin tänäänkin. Jo entuudesta oli heille muuten kylläkin tuttua, että vieraat venekunnat ajattelevat toisin: he toimittivat asiansa aina niin, että he pääsivät lähtemään niin pian kun mahdollista. Senvuoksi ja vielä lisäksi koska Tomo oli vielä tuolla laivalla ja kaupanvälittäjänä, suostuivat he lopulta heittelemään puut metsästä hiekkarannalle. Samalla kun noin kolmekymmentä miestä, kaikkien naisten ja tyttöjen saattamina, jotka leiriytyivät heidän ympärilleen ja katselivat heitä, meni työhön naureskellen ja jutellen keskenään, muodosti harppunamies omista miehistään sekä osaksi alkuasukkaista kaksi jonoa, joita myöten halot kulkivat kädestä käteen veneeseen asti. Perämiehet olivat veneissä pinoamassa halot niin, etteivät ne olisi soutajien tiellä.

Veneet eivät olleet vielä puolilastissakaan, kun toinen harppunamies, joka piti silmällä toista jonoa, huomasi lipun laivalla ja huomautti siitä esimiehelleen.

"Tuhat tulimmaista" huusi tämä, "siellä on tapahtunut jotakin! — Veneisiin miehet — nopeasti — meidän täytyy ensin nähdä mistä on kysymys — veneisiin, sanon minä!" — "Entäs puut?" kysyi toinen harppunamies. — "Toimittakoot nuo laiskurit ne sillä aikaa rantaan", huusi edellinen. "Sen vertanen liikunto on heille perin terveellistä."

Kun miehet totellen käskyä hyppäsivät paikoilleen, jäivät saarelaiset katselemaan ihmeissään, minkä vuoksi he niin äkkiä keskeyttivät työnsä. Harppunamies antamalla merkkejä käski saarelaisten keskeyttämättä kantaa puita, kunnes hän tulee takaisin. Mutta saarelaiset arvelivat keskenään, että jos hän ylimalkaan tulee takaisin, niin on silloin kylläkin aikaa, ja he keräytyivät rannalle katselemaan veneitä, jotka niin nopeasti työnnettiin vesille. He olivatkin oikeassa, eihän heidän tarvinnut etukäteen laahata enempää puita, ja jos valkoiset tahtoivat saada loput, tulisivat he kylläkin takaisin. Mutta jos he eivät tulleet, hyvä, silloin toi Tomo puihin vaihdetut tavarat.

"Tuhat tulimmaista, vieläkin kerran!" sanoi harppunamies, joka seisoi pienimmän veneensä keulassa penkillä ja koetti tähystellä laivaan päin, "tahtoisin vain tietää, mitä ukolla on tekeillä. Jos hän olisi antanut meidän olla vielä neljännestunnin, olisi meillä ollut täydet kuormat. Mutta nyt pitää soutaa taas uudelleen tänne taikka heti ensimäisen saaren rantaan. Aina muka tulee säästää aikaa, ja niin sitä enemmän tuhlataan." —

"Arvelenpa, että on tapahtunut jotakin tuon uuden miehen tähden", naurahti perämies.

"Mutta tuon yhden miehen ja parin punanahkaisen pojan kanssa pitäisi toki kahden- tai kolmentoista miehen tulla hyvin toimeen", murahti merimies purren puoleksi hampaittensa väliin kirosanan. "Se on yleensä laiskaa joukkoa, ja minä tahtoisin — mutta mitä se minuun kuuluu. — Mitä hän tekee, vastatkoon myöskin."

Kun he lähenivät riuttojen suuta, vanha harppunamies huomasi pakolaiset, jotka juuri soutivat hurjaa vauhtia suun ohi.

"Lempo soikoon", — huusi hän, "tuolla menee kanotti! — Kiskokaa pojat, että pääsemme perässä. Minkä hiton vuoksi eivät he ole lähteneet laivasta veneellään ajamaan takaa kanottia?"

"Ehkäpä ovat tulossa, mutta me emme voi vielä nähdä täältä", tokasi väliin perämies.

"Hiiteen nuo puut!" noitui taas harppunamies. "Ne estävät soutajia, heittäkää nuo roskat mereen — älkää kuitenkaan vielä — kunhan ensin pääsemme aavalle, että voimme saada yleissilmäyksen paikasta."

Se olisikin ollut tuhma teko, sillä jos he olisivat ruvenneet puita syytämään, olisi heidän sillä aikaa pitänyt olla soutamatta. He kiskoivat tiukemmin, eikä kestänyt kauan ennenkun he tulivat riuttojen suuhun, joiden kupeitse he näkivät vilaukselta kanotin viillettävän. Harppunamies, jolla oli mukanaan pieni kiikarinsa, tunsi skotlantilaisen ja vaikkakaan hän ei vielä käsittänyt tapauksen kulkua, niin hän tiesi kuitenkin, mitä kapteni häneltä odotti, ja teki velvollisuutensa.

Kanottia kohti viittaava käsi oli perämiehelle merkki, jota tämä totteli silmänräpäyksessä ja muutti suuntansa. Ja samalla kun miehet panivat parhaansa soutaessa, hyppäsi harppunamies keskelle venettä ja syyti itse mereen ne halot, jotka olivat soutajien tiellä. Vilkaistessaan laivaan hän näki, että hän täytti kaptenin tahdon, sillä lippu vedettiin alas ja Lucy Evans kääntyi itsekin ja nosti yläpurjeet tullakseen niin lähelle kuin mahdollista.

Jota enemmän harppunamies viskeli puita, sitä kevyemmäksi tuli vene, sitä nopeammin se kiiti eteenpäin, ja huomattavasti lähestyi aimo lailla kanottia. Toinen riuttojen suu, jonne kanotti pyrki ei ollut vielä näkyvissä tai oli tyrskyjen peitossa, ja Tom huomasi pian kauhukseen, että vaara läheni häntä nopeasti. Mutta väylä ei ollut kumminkaan enää ylen kaukana, ja se oli niin kaita, että vene tuskin uskaltaisi tulla siitä. Ja jos tulisikin, niin se ei voisi palata samaa tietä. Päästäkseen taas aavalle, täytyisi sen tehdä suuri kierros rantavesiä pitkin, saaren väkirikkaimman seudun ohi, missä Tomin nykyiset maanmiehet voisivat asettaa esteitä tielle. Nyt oli siis päästävä tuohon väylän suuhun ennen venettä. Mutta se oli mahdotonta, jos ei kevennetty kanottia heittämällä tukipuu.

Tom vaihtoi pari sanaa Alohin kanssa ja saatuaan hänen suostumuksensa, tempasi hän puukkonsa, jota hän vielä entiseen merimiestapaan piti tupessa sivullaan, katkasi kohdaltaan niinisiteet, joilla poikkipuut olivat kiinnitetyt kanottiin. Mutta tukipuu oli vielä kiinni edestä ja takaa. Ja Tomin ojentaessa puukkonsa Alohille, luiskahti kanotista irroittamansa poikkipuu hänen kädestään ja nyt kanotti tuon vettä vastaan karrittelevan puun takia sai toisen suunnan ja mennä viillätti suoraan tyrskyjä kohti. Alohi poisti kuitenkin parilla voimakkaalla iskulla esteen, mutta kapea kanotti rupesi nyt kieppumaan, ja kului iso aika ennenkun näin horjakkaan alukseen tottumattomat saarelaiset saivat tasapainon ja kykenivät kääntämään kanottinsa entiseen suuntaan.

Laivavene oli tänä aikana tullut parinsadan askeleen päähän, ja niin läheltä kuului säännöllinen airojen loiske, että Tom tämän tästä vilkasi taakseen. Kun kanotti oli äkkiä kääntynyt, oli harppunamies hetken aikaa jo luullut, että se oli päässyt jonkun uuden väylän suuhun tyrskyjen keskeltä, mutta pian huomasi hän oikean syyn, ja riemuitseva hymy välähti hänen kasvoillaan. Häntä itseään säälitti tuo miespoloinen, joka hänen täytyi ottaa taas kiinni kuin mikäkin rikoksellinen, ja hän olisi kaptenin sijassa menetellyt ehkä toisin, mutta takaa-ajamisen kiihko tempasi hänet taas mukaansa siihen määrin, että hän olisi pannut alttiiksi oman henkensä saadakseen vain pakolaisen taas käsiinsä.

On usein sydämessämme omituinen ristiriita, ja harvoin voimme tehdä siitä tiliä. Tuntuu usein kuin jokin henki ottelisi paremman itsemme kanssa — ja valitettavasti pääsee melkein aina voitolle.

Olisihan ollut suuri häpeä, jos kolmen soutajan soutama kanotti olisi päässyt pakoon hänen venettään, laivan nopeinta venettä, jota neljällä airoparilla soudettiin. Olisihan häntä aivan hävettänyt tulla takaisin laivaan. Samalla kun hänen päässään pyöri tällaisia ajatuksia, viskeli hän halon toisensa perästä mereen niin että suuret, kirkkaat hikikarpalot vierivät hänen otsaltaan.

"Kanotista ovat heittäneet tukipuun päästäkseen nopeammin kulkemaan!" huusi nyt riemuiten veneen perämies, joka myöskin oli huomannut sen. "Katsokaahan, mitenkä he kieppuvat sinne tänne. Me voitamme joka aironvedolla!"

"Hei pojat!" huusi harppunamies. "Kaksinkertainen annos totia teille tänä iltana, jos saavutatte nuo miekkoset tuolla. Ainoastaan kymmenen minuuttia vielä, ja he ovat meidän!"

"Me emme pääse paikalta, Tomo!" sanoi juuri samaan aikaan Alohi kuin kuoleman tuskissa, "sillä jos me soudamme kovasti, niin kaadumme!"

"Ohjaa siis suoraan tyrskyihin!" vastasi Tomo epätoivossaan. "Sinne he eivät uskalla seurata, ja parempi kuolla kuin tulla vangiksi." — "Ei täällä kuolemaan!" huusi huolestuneena Alohi vastaukseksi — "meidän kaikkien tähden ei täällä. Riutat ovat tuolla takana teräviä ja niitä on leveälti. Meidän ruumiimme menisivät pirstaleiksi, ennenkun ne pääsisivät rantavesille."

"Silloin olemme mennyttä miestä", murahti Tom koleasti. Samalla rupesi kanotti taas kiikkumaan varomattomasta liikkeestä. Nuo kolme soutajaa olivat pakotetut heittämään ponnistelunsa, ja samassa hetkessä porhalsi veneen keula heihin kiinni.

"Tule tänne, mies, äläkä yritä enää mitään hyödyttömiä mahdottomuuksia", sanoi harppunamies pikemmin melkein ystävällisesti kuin tylysti. "Sinä näet, että et pääse pakoon, hyppää veneeseen ja anna punaihoisten poikasten soutaa edelleen kanottiaan Jumalan nimessä."

"Millä oikeudella hyökkäätte te avonaisella merellä minun kimppuuni?" huusi skotlantilainen vihaisena. "Oletteko te merirosvoja, jotka kiristätte palvelukseenne?" —

"Sopikaa siitä ukon kanssa", vastasi levollisesti harppunamies, "minun tehtäväni on vain ottaa teidät kiinni".

Laivamiehet olivat käyneet kiinni kanottiin, ja harppunamies ojensi kätensä tuota onnetonta kohti.

"Totta tosiaan, minun käy sääliksi", lisäsi hän hiljaa, "mutta kuka kumma käski teidän astua suoraan suden suuhun. Mutta iloinen olla pitää, vaikka sydän märkiä juoksisi. Pahimmassa tapauksessa uhkaa teitä vain kymmenen tai kahdentoista kuukauden ero saarestanne. Silloin on meillä jo laiva täydessä lastissa. Ja sehän on itsestään selvää, että kapteni saattaa teidät takaisin tänne."

Tom Burton seisoi hetkisen epäröiden horjuvassa kanotissa. Vielä voi temmata itsensä irti ja etsiä tyrskyissä kuolemansa — Mutta elämänhalu pääsi hänessä kuitenkin voitolle. Laivalla ehkä oli vielä pelastumismahdollisuuksia.

"Voi hyvin, Alohi", puheli hän ojentaen langolleen kättä, "vie terveiseni sisarellesi, ja sano hänelle, mitä olet nähnyt. Kun leipähedelmä toistamiseen kypsyy, olen minä toivottavasti taas täällä — ehkä jo aikaisemminkin", — lisäsi hän hammasta purren.

"Alohi ei mene Tubuaihin takaisin", sanoi saarelainen levollisesti heittäen aironsa kanottiin ja nousten seisoalle istuimeltaan. "Anahona vieköön kanotin takaisin. Minä jään sinun kanssasi."

"Sinä tahdot tulla meidän kanssamme?" Alohi nyökäytti vain päätään vastaukseksi.

"Mitä hän sanoo?" huusi harppunamies.

"Hän ei tahdo jättää minua, saako hän tulla mukaan?"

"Sepä tietty, hyvä ystävä", naurahti merimies iloisena saadessaan yhden miehen lisää laivaan, "ja me pidämme huolta siitä, että hänestä tulee kelpo merimies. Mutta nyt reippaasti — meitä kulettaa virta mukanaan tyrskyjä kohti. — Tulkaa tänne, Tom. — Antakaa minun pitää huolta siitä, että ukko ei tule teitä kohtelemaan pahasti."

Alohi vaihtoi vain pari sanaa maanmiehensä kanssa ja astui sitten ensimäisenä veneeseen. — Tom seurasi häntä hitaasti. Airot pantiin taas käyntiin, vene pyörähti ympäri, ja samalla kun kanotti, jota nyt souti vain yksi saarelainen ohjasi kulkunsa riuttojen suuta kohti viedäkseen alkuasukkaille tuon surullisen sanoman, soutivat valkoihoiset hyvillä mielin Lucy Evans'ia kohti.

Heitä mahtoi säälittää mies poloisen vangitseminen, ja monet näkivät siinä oman kohtalonsa, jos he yrittäisivät tuota aina ja alati suunniteltua karkaamista, mutta toisakseen olivat he hyvilläänkin. Kun kerran olivat valaanpyytölaivassa, niin olisi heille kirvesmiehen puute pian tullut tuntuvaksi, jopa olisi sen täytynyt lopulta vaikuttaa haitallisesti pyyntiin, jolloin olisi vähentynyt heidän ansionsa. Itsekkäisyyshän kuitenkin kerta kaikkiaan hallitsee maailmaa.

Kauhea tunne valtasi Tomin noustessaan taas laivaan, missä hänet otti vastaan äsken petetty kolmas harppunamies jotenkin epäystävällisesti kiroten ja manaten häntä. Sitävastoin kapteni käyttäytyi aivan rauhallisesti. Hän ei tahtonut kostaa miehelle hänen nyt yrittämäänsä ja oikeutettua pakoansa kovin sanoin tai rangaistuksella.

Mutta Tom ei ollut halukas alistumaan aivan kärsivällisesti kovaan ja mielestään kohtuuttomaan kohtaloonsa. Kapteni ei voisi ainakaan myöhemmin puolustaa itseään sillä, ettei olisi tiennyt, mitä hän teki riistäessään hänet perheestään ja nykyisestä kotimaastaan. Odottamatta sen vuoksi mitään käskyä hän heti, kun oli noussut laidan yli laivaan ja vastaamatta edes katseella kiihoittuneen kolmannen harppunamiehen katkeriin syytöksiin, astui kaptenin luo. Tämä seisoi perämiehen vieressä silmät purjeisiin kiintyneenä ja jaellen miehistölle käskyjä.

"Kapteni Rogers." —

"Aha, Mr. Burton — taas laivalla? Teidän täytynee ensi töiksi ryhtyä korjaamaan vene, jonka te säritte kiirehtiessänne maihin. Me tarvitsemme sitä välttämättä."

"Kapteni Rogers", toisti Tom, ja hänen täytyi purra luontoansa pysyäkseen tarpeellisen levollisena, "te tiedätte, että te teette lainvastaisen, epäinhimillisen teon, kun te viette minut täältä väkivaltaisesti".

"Lainvastaisen? — Teittekö te ehkä lainmukaisen teon karatessanne
 Bonnie Scotchmanista?"

"Se oli Bonnie Scotchmanista", sanoi Tom rauhallisesti, "ja jos te olisitte silloin pyydystänyt minut, olisi teillä ollut täysi oikeus rangaista minua mielenne mukaan. Tähän laivaan en ole sitoutunut enkä siis rikkonut nyt minkäänlaisia sitoumuksia."

"Ette kylläkään ole sitoutunut tähän laivaan, vaan minun palvelukseeni", puheli kapteni levollisena. "Meidän mielipiteemme voivat olla eriäviä. Jos luulette olevanne oikeassa, niin te voitte valittaa minua vastaan lähimmässä englantilaisessa satamassa. Mutta nyt pyydän minä teitä täyttämään rauhallisesti ja säännöllisesti tehtävänne ja säästämään minua epämieluisista pakkokeinoista — vaan mitäpä pitkistä puheista?" keskeytti hän reippaasti. "Te tunnette olot valaanpyytölaivalla yhtä hyvin kuin minä voin niitä teille kuvata. Osaatte valita parhaan olon, jos tahdotte olla järkevä. Meidän matkamme ei toivottavasti muuten kestä enää niinkään kauan." Hän kääntyi pois, kun hän sattui huomaamaan saarelaisen ja sanoi hymyillen: "Oletteko tuossa värvännyt minulle vieläkin yhden miehen?"

"Hän on vaimoni veli, joka ei tahdo jättää minua", sanoi Tom synkästi.

"Vai niin, teidän lankonne, sitä parempi! Minä toivon, että hän meillä viihtyy, ja nyt — olkaa hyvä ja menkää töihinne."

Niin loppui keskustelu, ja Tomin kohtalo oli ratkaistu. Hän tiesi, ettei ollut mitään hyötyä pyynnöistä eikä uhkauksistakaan, jotka vain pahentaisivat hänen asemaansa. Ja Tom mukautui kohtaloonsa. Kukaan ei häntä vaivannut, sillä kolmas harppunamies oli saanut ankaran määräyksen olla soimaamatta Tomia sen enempää hänen viime pakoyrityksensä tähden, kun hän toimitti tehtävänsä. Ja vaikkakin hänen sydämensä oli haljeta, kun laiva otti suuntansa merelle ja Tubuai häipyi häipymistään taivaanrannalla, niin nieli hän tuskansa kuitenkin. Kenkään ei saanut aavistaa mitä hänessä liikkui, — hänen aikansa tuli ehkä vielä.

Mutta Alohi ei ottanut yhtä levollisena hyvästejään isänmaaltaan. Alussa oli hän tosin jotensakin välinpitämättömästi mukautunut päätökseensä solmita kohtalonsa lankonsa kohtaloon, johon päätökseen oli vaikuttanut osaltaan myöskin jonkinlainen pelko joutua kuuntelemaan sisaren tuskanvalituksia. Mutta nyt, kun palmurannikko, kun hänen vuortensa huiput mataloittuivat ja lopulta vaipuivat mereen ja laaja, aava meri pelottavan valtavana lepäsi hänen edessään, tuli hänen mielensä apeaksi ja huolestuneeksi, ja hiljaisena sekä surullisena hän luhistui kannelle peittäen kasvonsa vaipallaan.

Ei kukaan häirinnyt häntä sinä päivänä. Merimiehet tiesivät jo entuudestaan, että heidän, milloin laivaan saivat alkuasukkaita merimiehiksi, täytyi myöntää näille oikeus koti-ikäväänsä. Sittemmin mukautuivat nämä jo paremmin. Heidän herkkä mielensä sai heidät usein unohtamaan jääneet jopa isänmaansakin, heidän katsellessaan kaikkea sitä uutta ja ihmeellistä, mikä heitä ympäröi — tietysti vain siksi, kun joku uusi kukkulan laki sukelsi esiin taivaanrannalla, sillä silloin palasi kaipuu voimakkaampana kuin milloinkaan ennen.

Tom oli lujasti päättänyt käyttää hyväkseen jokaista mahdollista tilaisuutta paetakseen. Ja Alohin avulla, jonka jonkun vieraan saaren asukkaat varmaankin mieluummin piilottaisivat kuin luovuttaisivat, toivoi hän hyvää onnea. Niin huomaavaisesti kuin kapteni häntä merellä kohtelikin, vartioitiin häntä ankarasti niin kauan kun he kulkivat vain jonkun saaren näköpiirissä. Ja kun he myöhemmin laskivat maihin Hilossa Hovain saarella, ei tuo mies poloinen saanut lähteä edes välikannelta muuta kuin vartioituna. Pakoa ei voinut sieltä ajatellakaan. Alohi sitävastoin sai kuljeskella vapaana, missä vain häntä halutti. Kapteni Rogers tiesi hyvin, ettei tämä karkaa niin kauan kun skotlantilainen oli laivassa. Tomin ainoa vihamies laivalla oli kolmas harppunamies, Mr. Elgers, joka ei voinut unohtaa Tomin karkaamisyritystä. Ja aivan tuskalliseksi tuli tämä suhde, kun Tom ja Alohi määrättiin juuri tämän venekuntaan. Niin niukka oli Lucy Evans'in miehistö, että pyynnissä piti olla kirvesmiehenkin, jos ei joku välttämätön työ vaatinut laivalle jäämään.

Alohilla varsinkin oli kova aika. Hän kun oli tottumaton jäiseen ilmastoon, paleli häntä aina, vaikka kuinka lämpimän puvun olisi saanut. Raskas työ sen lisäksi: soutaa päivin, keittää öisin — minkä yötä oli tuolla pohjoisessa kesäkuukausina. Mutta ei yhtäkään valitusta kuulunut hänen huuliltaan, ja ainoastaan toisinaan, kun hän oli tähystämässä valaita maston huipussa, kuului sieltä kannelle kotoisen laulun vienot surunvoittoiset säveleet, jotka Tom niin hyvin tunsi ja jotka ilmaisivat hänelle, missä Alohin apeat ajatukset kulkivat.

Pyynti onnistui jotensakin hyvin. He saivat niin paljon valaita, että kapteni päätti olla odottamatta enää uutta vuodenaikaa täällä pohjoisessa ja palata kotia vaikka laiva ei ollutkaan aivan täydessä lastissa. Paluumatkalla voi mahdollisesti saada sen, mikä vielä puuttui. — Oahun saarella varustettiin laivaan uudet ruokavarat ja vettä ja maksettiin palkka toiselle harppunamiehelle sekä kahdelle veneenperämiehelle, jotka halusivat jäädä Sandwichsaarille. Tällaista tapahtuu hyvin usein, kun laiva on paluumatkalla, ja siitä on aina hyötyä niille, jotka jäävät laivaan. Laivasta jääneet näet ovat pakotetut myömään huokeammalla ihra-osuutensa kuin mitä Englannissa saisivat.

Mutta kirvesmiestä ja tynnyrintekijää tarvitsi laiva vielä välttämättä jäljellä olevalla matkalla, ja ensimäisen harppunamiehen pyyntöihin, että paikoille tullessa Tom Burton päästettäisiin vapaaksi hänen kotipuolensa lähistöllä, vastasi kapteni, että hän oli ehdottomasti pakotettu ottamaan Tom mukaansa kotiin saakka, koska ei voitu panna laivaa vaaralle alttiiksi loppumatkalla, kun se oli vielä niin raskaassa lastissakin. Mitä he mahtoivat ilman kirvesmiestä? — Harppunamies oli vaiti. Kapteni oli oikeassa — tai ei ollut. Eikä harppunamies halunnut olla enää missään tekemisissä koko asian kanssa.

Heti kun olivat sivuuttaneet päiväntasaajan, pyysi Tomkin kaptenilta, että hän laskisi maihin Tubuaissa ja päästäisi heidät nyt kotia perheittensä luo. Mutta kapteni vastasi hänelle aivan suoraan samoin kuin oli selittänyt harppunamiehellekin. Tom oli kirvesmies ja merimies ymmärtääkseen, että kapteni, kun asiaa ajateltiin hänen kannaltaan, oli aivan oikeassa. Mutta Tom joutui kuitenkin pian epätoivoon, kun hän ajatteli, että hän kulki ehkä yhden päivän matkan päässä pienestä saaresta, joka oli tullut hänen kotimaakseen ja jossa oli kaikki ne ihmiset, jotka olivat hänelle rakkaita ja kalliita, ja että ehkä kuluu vuosia, ennenkun hän saa taas koskettaa jalallaan tuota maakamaraa.

Yhä edelleen jatkoi laiva matkaansa. Olivatkohan he jo sivuuttaneet Tubuain leveysasteen? Epätietoisuus siitä kalvoi vielä enemmän Tomin sydäntä. Kapteni näet, joka itse teki mittaukset ja laskelmat, ei ilmoittanut niistä muille. Miehet eivät myöskään tohtineet ensinkään sitä kysellä, ja harppunamiehet eivät siitä välittäneetkään. Se oli asia, joka ei heitä liikuttanut vähintäkään. Heidän tehtävänään oli ainoastaan valaitten pyytäminen, kaptenin asia oli viedä laiva oikeaan satamaan.

Taas ja yhä sukelsi taivaanrannalla esiin yksityisiä saariryhmiä, ja Alohi oli tarkannut aina niitä tuskallisella jännityksellä. Hänelle oli kuitenkin kapteni jättänyt vapaasti valittavaksi jättää laiva tai jäädä joukkoon, mutta tuo uskollinen ystävä ei tahtonut luopua Tomon rinnalta. Minne tämä meni, sinne hänkin, ja jos valkoiset miehet olivat niin epäkelpoja, että he veisivät Tomin mukanaan, niin saisivat he ottaa hänetkin mukaansa.

Tällä kannalla olivat asiat, kun Tom puuhaili eräänä aamuna etukannella korjatessaan pumppua. Mutta työ ei sujunut häneltä tänään. Tuolla tuulen alapuolella oli taas maata, siellä olivat nähtävästi kahden jotensakin korkean saaren huippukohdat. Ja hän ei voinut kääntää katsettaan kalliista maasta — ehkäpä viimeisestä palmumaasta, jonka he näkevät, ennenkun he alkoivat vaikean, kylmän matkansa Kap Horn'in ympäri. Mitä saaria ne olivat, sitä ei hän todella pystynyt arvaamaan. Hän oli kysynyt ensimäiseltä harppunamieheltä, joka yhä oli hyvin ystävällinen hänelle, mutta tämä ei tiennyt itsekään tai ei tahtonut tietää.

"Tomo", sanoi silloin äkkiä vieno, arka ääni hänen rinnallaan — "tiedätkö sinä, mikä maa tuo tuolla on?" — Tomin mielessä välähti äkkiä ajatus ja hän pyörähti puhujan puoleen.

"Tubuai?" huudahti hän tuskan puristamalla mutta villillä äänen painolla. "Mutta ei — ei", lisäsi hän sitte hiljaa pudistaen päätään. "Ei ne ole kotoisia vuoria; niitten juurella ei asu —"

"Ole rauhallinen", kuiskasi Alohi, "toisten ei tarvitse tietää, että me puhumme maasta".

"Ja mitä se meitä auttaisi? Onko meillä edes venettä, jotta voisimme päästä sinne?"

"Tuolla ei ole Tubuai", puheli Alohi varovaisesti. "Se on Tahiti — tuo suuri saari, jolla feranilaiset asuvat. Toinen siitä vasempaan on Morea."

"Mutta miten sinä tunnet nuo saaret?" —

"Poikasena olin lähetyssaarnaajan kutterilla kerran Tahitin saarella."

"Entäs Tubuai? — Missäpäin se on?"

"Suoraan tuonnepäin, missä ne tähdet ovat illalla, joita te sanotte ristiksi — vähän enemmän vain tuulenalapuolella", kuiskasi alkuasukas kääntämättä päätään mainittuun suuntaan. "Me emme ole vielä likimainkaan tulleet ohi. Jos me voisimme saada yhden veneen haltuumme, löytäisin helposti suoraan sinne."

"Se ei käy laatuun — ei käy", huokasi Tom. "Veneet ovat liian lähellä peräsintä, — ja vaikkapa itse olisin siellä vahdissa, on aina yksi harppunamies kannella."

"Entäpä vahdinmuuton aikana, kun he kirjoittavat alhaalla kirjaansa?"
— Tom pudisti surullisesti päätään.

"He kuulisivat nuoran ensimäisen natinan, ja ennenkun meillä olisi vene edes vesillä, olisimme me kiinni. Ei, miespoloinen, meillä ei ole muuta valittavana kuin odottaa kärsivällisesti ikävien aikojen loppua — vielä monta pitkää, pitkää kuukautta."

Mutta Alohi ei vielä jättänyt tuumaansa. Näkyvissä oleva maa, joka osotti hänelle, missä oli hänen kotimaansa, oli herättänyt hänessä kaipuun tunteen voimakkaampana kuin koskaan ennen. Mutta luonnon elementitkin näyttivät olevan häntä vastaan, sillä tuuli vaimeni aivan, ja tuli niin tyven, että pako veneessä oli tullut mahdottomaksi, vaikkakin olisivatkin onnellisesti päässeet laivasta. Ainoastaan kovalla tuulella olisivat he voineet toivoa pääsevänsä pakoon purjeissa.

Yö koitti, ja kun aurinko seuraavana päivänä taas nousi idässä ja valaisi peilikirkasta merenpintaa, oli maa hävinnyt. Heti auringon noustua alkoi taas tuulla, ja Lucy Evans kulki nyt verrattain vähällä purjeilla etelää kohti vain neljä solmua tunnissa. Viimeisten kahdeksan päivän kuluessa eivät he olleet saaneet yhtään valasta, ja kansi oli jo pesty puhtaaksi. Vähän oli myöskin työtä, tynnyrintekijä oli melkein ainoa aina hommissa oleva henkilö, sillä kuumalla silavalla täytettyjä astioita täytyi tarkasti pitää silmällä ja kiristää vanteita, jotteivät rupeisi vuotamaan. Maston huipussa tähysteltiin kuitenkin säännöllisesti, sillä he olivat täällä vielä parhaimmalla valasalueella ja olisivat vielä tarvinneet puoli tusinaa noita lihavia vötkäleitä täyttääkseen laivansa kantta myöten.

Neljä päivää — yöllä etenivät he vain vähän — nousivat he vain vasten tuulta koettaen päästä itään päin niin paljon kuin mahdollista. Ei voinut enää olla epäilystäkään siitä, etteivät he olisi sivuuttaneet Tubuain, ja laaja autio meri lepäsi heidän edessään. Neljännen päivän iltapuolella oli Tom käsketty etumaston huippuun tähystelemään. Hän ei voinut kääntää katsettaan siitä suunnasta, missä hän tiesi kotimaan olevan. Hän katseli niin kauan länteenpäin auringon laskiessa, että hänen silmiänsä kirveli, ja viimein hän kääntyi tuskastuneena ja harmistuneena poispäin, jotteivät ajatuksensa saisi hänessä valtaa.

Hetken aikaa himmeni kaikki hänen silmissään, niin olivat auringonsäteet häikäisseet ja kuitenkin tuntui hänestä kuin olisi hän nähnyt tuolla ylätuulessa mustan pilkun. Oliko se valas? — Hän olisi ollut viimeinen välittämään siitä, sillä nyt kun hänen saarensa oli jo jäänyt selän taakse, oli hänen ainoa toivonsa, että matka kuluisi joutuisasti vanhaa kotia kohti päästäkseen sieltä takaisin tänne ensimäisellä laivalla. Valaan leikkeleminen olisi vain hidastuttanut matkaa. — Mutta ei, se ei ollutkaan valas. Tumma esine ei ollut niinkään etäällä ja oli verrattain ylhäällä vedestä. Mikähän se oli, hän ei voinut erottaa, hän huusi vain alas kannelle ja ilmoitti sinnepäin ojennetulla kädellä, mitä hän oli huomannut. Hän oli itsekin tullut uteliaaksi.

Yksi harppunamies nousi nopeasti mastoon kiikari kädessä ja tunsi pian tumman esineen pieneksi mastottomaksi kutteriksi, joka ajelehti nähtävästi isännättä. Ei kenelläkään koko maailmassa ole parempaa aikaa tutkia jotakin tuontapaista kuin juuri valaanpyytäjällä, sillä hän ei laiminlyö siinä mitään. Tähystelijät jäävät tietysti mastoihin edelleen, ja samalla kun laiva ajaa luokse tai luovii ylös tuuleen, voi yhtä hyvin sattua valaita matkalla kuin jos se täysin purjein kiitäisi tuulessa eteenpäin. Sitäpaitse oli tässä toivoa saaliista, se voi olla simpukan kuorilla ja kokosöljyllä lastattu kutteri, jonka sen miehistö jostain syystä oli jättänyt tuuliajolle. Joka tapauksessa kannatti käyttää jonkunverran aikaa sen tutkimiseen, kun aurinkokin oli vielä kyllin korkealla, niin että kutteri voitiin tavata ainakin ennen auringonlaskua.

"Mr. Hobart!" huusi kapteni, "ottakaa veneenne ja samalla — tai antakaa ennemmin Mr. Elgers'in mennä", keskeytti hän itse puheensa, "hänellä on kirvesmies veneessään. Tom ottakoon mukaansa työkapineita — meisselin, sahan, vasaran ja kirveen. Eihän sitä tiedä, mitä siellä on aukimurrettavana. Jos kannattaa, niin jäätte sinne siksi, kunnes me voimme luovia sinne asti. — Te voitte ottaa mukaanne myöskin lyhdyn siltä varalta, että ehtisi tulla pimeä."

Käsky täytettiin nopeasti ja Tom käskettiin mastosta. Tuskin oli hänellä kylliksi aikaa haalia kokoon tarpeellisia kapistuksiaan ja hypätä veneeseen. Muu miehistö oli sillä välin varustanut veneen kaikilla tarpeilla ja he työnsivät heti sen irti laivasta. Sieltä alhaalta he eivät voineet erottaa laivahylkyä, ja suurelta raakapuulta ilmoitti heille sinne lähetetty laivamies suunnan, jota heidän tuli soutaa, kunnes itse tulivat niin lähelle, että voivat erottaa sen kimaltelevasta vedenpinnasta taivaanrannalla.

"Vetäkää pojat", kehotteli harppunamies, "muuten tulee pimeä, ennenkun me pääsemme sinne, aurinkohan tekee jo laskua. Liikuttakaa vähäsen vanhoja luitanne — kukapa tietää, vaikka tuossa hökötyksessä olisi enemmänkin kätkettynä kuin kahden valaan arvo."

Tämä saaliin toivo oli paras kiihotus miehille. He soutivat kaikin voimin ja vene hyppeli kepeästi sinisen meren tuskin liikkuvilla mutta raikkaan tuulen synnyttämillä tummilla vireaalloilla, niin että he pian pääsivät perille.

Se oli todellakin pieni saaristokutteri, joita valkoihoiset rakentavat siellä täällä saarten alkuasukkaille. Näillä purjehtivat myöskin europalaiset, varsinkin ranskalaiset eri saariryhmien välisillä vesillä vaihtamassa simpukankuoria, kokosöljyä, linionimehua tai muita tuotteita europalaisiin tavaroihin, harvemmin rahaan. Tämä alus oli joutunut myrskyn käsiin ja miehistö, jos sille ei ollut tapahtunut onnettomuutta, oli koettanut pelastua kanoteillaan. Kannella oli vain muutamia kokospähkinöitä, jotka Alohi viskasi veneeseen odottamatta käskyä. Sitäpaitse oli purjeista vielä yhtä ja toista käyttökelpoista sekä ankkuri jo yksin jonkunarvoinen. Harppunamies käski sytyttää lyhdyt, jotta voitaisiin mennä suojiin etsimään papereita tai muita arvokkaita esineitä. Miehet hyppäsivät alukseen korjatakseen niin paljon kuin suinkin ainakin köysiä, jos lasti näyttäytyisikin arvottomaksi. Aurinko oli jo laskenut ja yön pimeä alkoi levitä lännestä päin hiljaa lainehtivalla merellä. Hämäräaika on noilla merillä hyvin lyhyt, niin että päivää seuraa melkein heti yö.

"Tänne kirvesmies, antakaa se kirves tänne", huusi harppunamies, joka oli laskeutunut kutterin kajuttaan perämiehen kanssa, "ja tuokaa meisseli myös".

Tom meni veneeseen, joka oli sidottu kutterin suojapuolelle. Samassa joku hyppäsi äkkiä hänen luokseen veneeseen ja tyrkkäsi sitä ulohtaalle kutterista. Tom katsahdettuaan huomasi Alohin, joka seisoi hetkisen ylpeän ja uljaan näköisenä veneen keulassa uhmaileva hymy tummilla kasvoillaan, veitsi kädessä. Mutta seuraavassa silmänräpäyksessä hän jo nakkasi veitsen luotaan ja tempasi yhden köyden auki.

"Hei — vene on irti!" huusi muuan mies kutterista. "Toiselle puolen täytyy sinun sitoa köysi kiinni, kanaka (saarelainen) — sinähän vain päästät sen yhä enemmän auki."

"Mitä sinä teet, Alohi?" huusi Tom kauhuissaan. —

"Mitäkö teen, Tomo? Minä matkustan Tubuaihin — ja nyt purjeet ylös ja pois, sillä kestää ainakin neljännestunnin, ennenkun on yö. Toiset veneet ovat pian meidän jäljissämme."

"Mutta Alohi!" huusi Tom, "tällä veneellä tuollaiselle matkalle." —

"Niin vaikkapa tämä ei olisi kuin kanotti", naurahti saarelainen hurjasti itsekseen, "parempi kuolla täällä kuin olla enää kauempaa noitten valkoihoisten paholaisten parissa. Alohi ei jää enää heidän luokseen."

"No niin, Jumala kanssamme!" huusi Tom riemuiten ääneen asettaen samalla pienen maston pystyyn. "Maata me kai ainakin jossain tapaamme, ja nyt merelle!" —

"Voi Tom — Voi kanaka!" huusivat samassa molemmat jäljelle jääneet laivamiehet kauhuissaan. — "Hei, Mr. Elgers! vene on poissa!"

"Voi tuota turkkilaista!" huusi harppunamies hypätessään kannelle. Ja hän alkoi hirvittävästi kiroilla, kun karkulaiset eivät totelleet heidän huutojaan, vaan kiitivät aavalle täysin purjein hyvässä tuulessa. Kiireesti ja vimmaisesti heilutteli hän lyhtyä sinne tänne merkiksi laivalle, että tarvittiin sieltä apua niin pian kun mahdollista.

Samalla aikaa oli laivallakin huomattu, että veneessä nostettiin purje vaikka eivät erottaneetkaan, että vene poistui, sillä oli idässäkin päin tullut pimeä. Laivan tähystäjä huusi kannelle havaintonsa. Mutta hän vaivasi päätään kovasti tuumien, miksei purjevene laskenut suoraan laivaa kohti, ja miksi kutterinhylyllä joku yhä edelleen heilutteli lyhtyä. Velvollisuutensa mukaisesti hän ilmoitti siitäkin lopulta, ja ensimäinen harppunamies kapusi nopeasti mastoon nähdäkseen omin silmin asian tilan. Mutta Mr. Hobart ei tarvinnut pitkää aikaa käsittääkseen tapauksen menon.

"Minun veneeni vesille!" huusi hän alas kannelle ja liukui sitte yhtä köyttä myöten alas.

"Mitä on tapahtunut, Mr. Hobart?" huusi kapteni, joka seisoi kannella peräsimen luona. "Onko veneelle tapahtunut joku onnettomuus?"

"Kyllä melkein", naurahti harppunamies vahvistaen sanansa karkealla kiroussanalla, "ainakin meihin nähden täällä. Se kiitää täysin purjein alatuuleen, ja erehtyisinpä pahasti, jos eivät Tom ja kanaka olisi huvimatkalle menossa."

"Tuhat tulimmaista!" huusi kapteni polkaisten jalkaa laivankanteen.

"Teidän olisi pitänyt antaa hänen juosta tiehensä, — kun vielä oli sopiva aika", sanoi harppunamies ottaen paksun nuttunsa, joka yövahtia varten varattuna oli köydellä riippumassa. "Nyt pakottavat nuo veitikat meitä taas kirottuun takaa-ajoon, enkä minä voi olla heille siitä pahoillani — minä tekisin itse samoin heidän asemassaan." Hän oli hypännyt samalla laidalle ja liukui sieltä köyttä myöten veneeseen.

"Pitäkää varanne Mr. Hobart, että aina näette laivan", — kehotti häntä kapteni, "minä käsken vetää lyhtyjä mastoihin".

"Oi, oi", huusi harppunamies takaisin, mutta mutisi partaansa: "hitto lähteköön laivan näkyvistä yöllä ja sumussa — ei pelkoa vanhus. Käykää airoihin käsiksi ja vetäkää!" huusi hän miehille, ja neljä airoparia upposi samalla kertaa veteen ja kiskasi veneen liikkeelle. — Mutta pakolaisten ei juuri tarvinnut pelätä venettä, vaikkakin se kulkisikin nopeammin kuin heidän. Oli jo tullut niin pimeä, että tähystäjä laivan mastossa ainoastaan suunnilleen voi näyttää ajavalle veneelle pakenevan purjeveneen suunnan.

Samalla kapteni Rogers lähetti toisenkin veneen kutterihylylle ja harppunamiehen puutteessa oli tynnyrintekijä päällikkönä. Ylhäältä erotti tulen, ja ottaen oppaakseen erään sen yläpuolella olevan tähden, voivat he sillä tavoin helposti pitää suuntansa.

Lucy Evans nosti nyt kaikki purjeensa ja kulki jonkun matkaa pakolaisten jäljessä.

Mutta kun lyhdynvalo hylyllä tuli yhä heikommaksi ja lopulta aivan hävisi, ei heillä ollut muuta neuvoa kuin kääntyä takaisin ja odottaa molempia veneitään, jotka voivat paremmin erottaa laivan valot. Lännessä näkyi nouseva pilvenlonka, ja kapteni ei uskaltanut asettaa vaaranalaiseksi miehistöään tuolla veneissä.

Noin kahden tunnin kuluttua palasi tynnyrintekijä miehineen kutterihylyltä ja puoli tuntia myöhemmin myöskin Mr. Hobart. Pakolaisista ei hän ollut voinut enää löytää jälkiäkään. Kun aurinko seuraavana aamuna nousi taivaanrannalle tuoden mukanaan vinhan tuulen, joka nostatti valkoisia vaahtopäitä siniselle, laajalle, mylleröivälle pinnalle, ei karkurien venettä näkynyt. Täytyi luopua takaa-ajosta, purjeet käännettiin taas, ja valaanpyytäjä käänsi keulansa kotimaata kohti.

* * * * *

Kuoleman tuskissa viettivät molemmat karkulaiset yönsä, sillä he tiesivät hyvin, että laiva seuraisi heitä, ja voisi sattua että se tulisi samaan suuntaan kuin hekin. Ja jos he aamun valjetessa olivat vielä näkyvissä, niin olivat he mennyttä kalua.

Kokonaisen tunnin he pitivät samaa suuntaansa päästäkseen ensin vain takaa-ajavien katseita pakoon. Sitten he luovivat Tomin neuvosta suoraa ylös tuuleen, niin hitaasti kuin he etenivätkin. Näin he tulisivat sivuuttamaan laivan pimeässä, ja sillon ei juuri voisi ajatellakaan, että heidät taas löydettäisiin. Aamun sarastaessa laskivat he valkoisen purjeen, joka mahdollisesti olisi voinut heidät paljastaa, ja tutkivat huolellisesti koko taivaanrannan, olisiko laivaa näkyvissä. — Ei ollut mitään nähtävänä. Silloin nostivat he rohkaistuneina taas purjeen raikkaassa tuulessa, joka vei heidät nyt hyvää vauhtia kotimaata kohti.

Vielä eivät he kuitenkaan olleet turvassa, sillä vaikka heillä ei ollut enää pelkoa laivasta, niin olivathan he sen sijaan pienessä, helposti särkyvässä veneessä, ilman muonavaroja, lukuunottamatta vettä, jota on pieni tynnyri jokaisessa valaanpyytöveneessä, he olivat näin keskellä avaraa valtamerta, ilman tarpeellisia koneita voidakseen löytää päämääräänsä, joka siis oli summakaupan varassa. Mutta he eivät lannistuneet, ja kiikkuessaan hauskasti virkeän tuulen kiidättäminä yli tanssivien aaltojen, antoivat he riemunsa ja onnensa kaikua ääneen takaisinvoitetussa, vapaassa, ihanassa luonnossa.

Aivan ilman apuneuvoja eivät he kuitenkaan olleet. Koska valaanpyytölaivan veneet joutuvat loitolle ajaessaan jotain valasta takaa tai ovat pakotetut viipymään puolen päivää ja jopa päivänkin pyydystetyn valaan ääressä, kunnes laiva ehtii risteillä sen luo, niin joka veneen perässä on pieni varastopaikka, jonka avain on harppunamiehellä. Siellä on tavallisesti pieni taskukompassi, tulivehkeet, onkia ja liinavaatteita, pari tusinaa laivakorppuja ja usein muutamia kirjojakin.

Tämän varastopaikan mursi Tom auki käsikirveellään ja huomasi nyt olevansa runsaammin varustettu kuin oli luullutkaan. Kompassi varsinkin voi tehdä hänelle mitä paraimmat palvelukset. Mutta tärkeintä, mitä hän löysi paitsi laivakorppuja, oli pieni Russelin julkaisema kirja Etelämeren saarista, jossa oli m.m. pieni vaikkakin perin epätäydellinen kartta saarista. Joskin vain yksityisten saariryhmien asema oli merkitty, niin näki hän kuitenkin siitä, että heidän täytyi olla länteen päin saaristaan, sittekun olivat jättäneet taakseen Tahitin. Ja tämän kautta näkyi oikeaksi se suunta, jonka Alohi oli sanonutkin.

Kolme päivää ja kolme yötä jatkoivat he näin pitkää, yksitoikkoista kulkuaan ja elivät kokospähkinöillä, jotka Alohi oli heittänyt kutterista veneeseen, ja korpuilla. Tomissa alkoi jo herätä luulo, että he purjehtivat kaikkien saariryhmien eteläpuolitse, ja että he tekisivät viisaammin, jos ohjaisivat enemmän pohjoiseen. Mutta Alohi ei tahtonut kuulla siitä puhuttavankaan — ei ainakaan vielä tänään. Niin alkoi hämärtyä, ja kun aurinko laski länteen ja peitti taivaanrannan läpinäkyvällä valolla, oli saarelaisen tarkka silmä keksinyt erään pisteen lounaassa, joka luultavasti voi olla purje, mutta mahdollisesti myöskin niemen nenä. Pian tekivät he päätöksensä. Kun pimeä poisti tuon esineen heidän silmistään, niin kulkivat he muutamia tunteja tähän suuntaan ja ottivat sitten purjeen alas antaakseen veneen ajelehtia seuraavaan aamuun asti. Jos he eivät päivänvalolla löytäisi enää tuota tummaa pistettä, niin oli se ollut purje, ja he päättivät näin ollen suunnata edelleen pohjoista kohti. Mutta heti kun aurinko idästä heitti ensimäiset säteensä, huudahti Tom riemuisella ihastuksella — "Maata, Alohi! tuolla on maata!" Ilonkyyneleet vierivät tuon voimakkaan miehen auringonpaahtamia poskia pitkin.

Tosin ei ollut vielä muuta huomattavissa kuin tylppä, vedestä kohoava vuoren huippu. Mutta kun he olivat nostaneet purjeen ja laskivat hyvää tuulta, kohosi maa kohoamistaan. Silloin huusi äkkiä Alohi: "Vavilu!" heittäen peräsimen irti ja hypähtäen istuimeltaan: "Vavilu!"

Se oli Tubuain naapurisaari ehkä noin kaksikymmentä meripeninkulmaa siitä. Heidän suuntansa oli sieltä melkein suoraan länttä kohti. Siitä huolimatta suuntasivat he kulkunsa tuota saarta kohti, joskin se hidastutti heidän matkaansa. Mutta he menivät sinne virkistyäkseen siellä ensin ja ottaakseen hedelmiä ja kokospähkinöitä veneeseen.

Vielä samana aamuna pääsivät he maihin — heidän vapautensa maahan, mutta eivät he malttaneet viipyä yötäkään sen palmujen suojassa. Heidän leponsa alkoi vasta kotimaassa. Runsaasti varustettuina kaikella mitä he nyt tarvitsivat, lähtivät he liikkeelle heti kun aurinko laski ja ilma tuli vilpoisemmaksi. Aamuhämärissä voivat he jo erottaa etäällä Tubuain korkean ja leveän saaren, jonne he saapuivat saman päivän iltapäivällä.

Oli iloa ja riemua pienellä saarella, kun he, joiden oli luultu menneiksi, laskivat täysin purjein koralliriuttojen salmesta sisään ja viipottivat nenäliinojaan jo kaukaa. Intaha riemuitsi, ja kun vene kosketti hiekkarantaa, juoksi hän miehensä syliin, samoin lapset — eikä ainoastaan hänen omaisensa, vaan saaren koko väestö tunkeutui paikalle, syleilivät hänen polviaan.

* * * * *

Tom Burton oli taas kotimaassaan, eikä milloinkaan ollut hänestä tuntunut palmujen humina niin vienolta, kukkain tuoksu niin ihanalta, taivas niin sinisen ja iloisen näköiseltä kuin tuona päivänä. Hän jäi myöskin sinne eikä mennyt enää koskaan europalaiselle laivalle.

Monet laivat laskivat maihin — vieläpä sellainenkin laiva, jossa oli kaptenina hänen vanha ystävänsä ja hänen vangitsijansa Mr. Hobart. He puristivat toistensa kättä ja nauroivat muistellessaan tuota aikaa, mutta laivalle ei Tom kuitenkaan mennyt, niin ystävällisesti kuin Mr. Hobart kutsuikin häntä, ja niin pyhästi kuin hän Tomille lupasikin, ettei hän pidättäisi häntä edes yhdellä ajatuksellakaan.

"Se kuuluu kaikki perin kauniilta ja hyvältä", sanoi Tom, "niin kauan kun me puhelemme siitä lujalla maaperällä. Silloin olette te merimiehetkin aivan toisenlaisia ihmisiä. Mutta vesillä, omalla laivallanne — hitto teihin luottakoon, ja minä puolestani sain kylläkseni silloisesta huvimatkastani."